로크미디어가
유혹하는
재미있는 세상

ROK
MEDIA
로크미디어

이것이 법이다

이것이 법이다 99

2020년 11월 6일 초판 1쇄 인쇄
2020년 11월 11일 초판 1쇄 발행

지은이 자카예프
발행인 이종주

총괄 김정수
경영 지원 배진경 임혜솔 송지유

기획 이기헌 왕소현 박경무 강민구
책임 편집 최전경

발행처 (주)로크미디어
출판등록 2003년 3월 24일
주소 서울시 마포구 성암로 330 DMC첨단산업센터 3층 318호, 319호
Tel (02)3273-5135 **편집** 070-7863-8592 **Fax** (02)3273-5134
홈페이지 rokmedia.com **E-mail** rokmedia@empas.com

© 자카예프, 2015

값 8,000원

ISBN 979-11-354-5683-1 (99권)
ISBN 979-11-255-9575-5 04810 (세트)

이것이 법이다

99

자카예프 장편소설

ROK
MEDIA

로크미디어

CONTENTS

군림하되 지배하지 않는다

우생 보호법.

오랜 시간 일본에 감춰진 비인간적 조치였다.

물론 그것 말고도 일본 정부에서 한 짓은 많지만 우생 보호법은 사정이 좀 달랐다.

국제적 문제까지 엮인 사건이었으니까.

우생 보호법에 의한 피해자는 여럿이다.

그중 중국에서 가장 먼저 소송을 시작했다.

물론 이 또한 노형진이 계획한 것이었다.

"역시 기각이군요."

소송을 넣은 지 얼마 되지도 않아서 일본 재판부는 그 소송을 기각 처리했다.

"그럴 거라고 예상했으니까요. 그런데 왜 기각될 걸 알면서 소송을 넣으신 겁니까?"

애초에 기각될 수밖에 없는 게, 1차 소송을 건 사람들은 대부분이 가짜였으니까.

그들은 일본에 의해 낙태와 불임 수술을 받을 수 없는 사람들이었다.

심한 경우는 일본에 가 본 적도 없었고, 어떤 경우는 일본에서 우생 보호법이 사라진 후에 불임 판정을 받기도 했다.

그러니 기각당하지 않으면 그게 이상한 거다.

"차라리 일본에서 일본 피해자를 대상으로 소송을 넣었으면 일단 판례가 생길 테니 다음번에 유리하게 적용될 텐데요?"

신동하는 이해가 안 간다는 듯 말했다.

굳이 좋은 길을 두고 가시밭길을 선택하다니 이해가 안 갈 수밖에 없다.

"의뢰인은 그들이 아니라 일왕이니까요."

"네?"

"그들이 모여서 소송 의뢰를 했지만 그걸 수임한 건 제가 아닙니다. 다른 변호사지요."

노형진이 모이도록 선동하기는 했지만 그는 중국이나 일본 변호사 자격이 없다.

즉, 그들은 노형진의 의뢰인이 아니다.

"제 의뢰인은 일왕가입니다. 제가 의뢰받은 건 그 소송에서 이기는 게 아니라 일왕가를 전면에 내세우는 거지요. 애초에 그렇지 않습니까?"

"아······."

"만일 여기서 그들이 승리하면 일왕가가 전면에 나설 수가 없게 됩니다."

그렇기에 선택한 가시밭길이다.

"그리고 이렇게 함으로써 일본에 대한 분노가 한국과 중국 그리고 동남아 국가로 퍼질 겁니다."

일본 재판부의 과거사 불인정은 오래전부터 다른 국가에서도 욕을 먹고 있는 사항 중 하나였다.

물론 이번 경우는 과거사를 인정하지 않은 것이 문제라기보다는 소송을 건 사람들 중 상당수가 아예 소송 자격이 없다는 게 더 문제인 것일 테지만 말이다.

"하지만 사건 당사자가 아닌 각국의 기자들이나 언론인들 그리고 국민들은 그렇게 생각하지 않을 겁니다. 중국과 한국 사람들에게 이건 일본 재판부가 죄를 인정하기 싫어서 무조건 기각하는 것처럼 보일 겁니다. 과거에 일본군 성 노예 사건처럼 말이지요."

당연히 한국과 중국에서 일본에 대한 적대감이 강해질 것이다.

"그리고 그 순간이 바로 일왕이 나서야 할 때지요."

일왕이 나서서 그들을 뭉치게 하고 소송을 도와준다.

"확실히…… 천황가의 이미지가 확 바뀌겠네요."

아시아 사람들에게 일왕가는 곧 일본이다.

애초에 그 이미지를 바꿀 상황도 되지 않았고 말이다.

하지만 이번 사건으로 일왕가가 외부 사람들을 도와주기 시작하면 이미지가 바뀔 것이다.

"국내에서 인지도를 얻기 힘들다면 일단 해외에서 인지도를 얻는 것부터 시작하면 됩니다."

노형진은 그렇게 말하면서 시계를 힐끔 보았다.

"자, 이제부터 시작해 볼까요? 후후후."

⚖

"이번 사태에 대해 저희는 상당히 곤혹스러움을 감추지 못하고 있습니다."

요히토가 전면에 나서는 것은 일본 정부도 전혀 몰랐던 일이었다.

알았다면 당연히 막으려고 했을 테니까.

현 천황은 아예 뭔가 하겠다는 의지 자체가 없었기에 방심하고 있었던 것이 문제였다.

"이번 사태에 관해서 우리 천황가에서는 국민들의 피해에 심심한 유감을 표명하는 바입니다."

요히토를 취재하러 왔던 기자들은 술렁거렸다.

그럴 수밖에 없는 게, 일본 문화상 유감을 표명한다는 것은 심각한 잘못을 인정하는 경우에 하는 말이기 때문이다.

그 이상의 사과는 석고대죄 정도밖에 없을 정도로 말이다.

물론 외부에서는 애매한 사과라고 인식하기는 하지만 '사과=할복, 자살'이라는 문화를 가지고 있던 일본에서 잘못을 인정한다는 것은 아주 힘든 일이었다.

그런데 그다음 말은 술렁거림조차도 막아 버렸다.

"우리 국민들이 그러한 부정한 법의 피해를 받았다는 것에 대해 일본을 대표하는 천황가로서는 참으로 비참하다고 말하지 않을 수가 없습니다. 이에 저희 천황가에서는 이번 사건에 필요한 소송을 지원하고자 합니다."

"소송을 지원한다니요? 그게 무슨 뜻입니까?"

요히토의 말에 기자들이 다급하게 물었다.

"이번 사건의 소송을 맡을 변호사를 선임하고, 해당 변호사를 통한 소송 전반에 필요한 비용을 부담하도록 하겠습니다. 비록 국법이 지엄하기에 그 이상의 지원은 해 드릴 수 없습니다만, 이 모든 책임을 통감하기에 이와 같이 결정하였습니다."

개별 소송 백 건보다 그걸 묶어서 집단 소송 한 건으로 하면 당연히 돈이 적게 든다. 그걸 노리는 전략이었다.

하지만 거기까지 생각하기에는, 일본 기자들은 이미 반쯤 영혼이 나간 상태였다.

"아니, 그 말이 사실입니까?"

지금까지 그림자로만 남아 있던 천황가, 그들이 전면으로 나서겠다는 말은 충격적이기 그지없었다.

물론 법적으로 정치는 못 하게 되어 있다.

하지만 이건 정치가 아니다.

"하지만 그 돈이 적지 않게 들 텐데요?"

"그 부분에 대해서는 제가 신용 대출을 통해 부담하기로 했습니다."

"뭐라고요?"

기자들은 아예 멘탈이 붕괴되었다.

그들이 신용 대출을 몰라서가 아니다.

오히려 알기 때문에 그러는 것이다.

어찌 되었건 그는 일국의 황태자다.

그런 그가 신용 대출을 통해 변호사를 고용해서 국민들을 도와준다는 것은 전혀 예상하지 못한 일이었다.

"저는 일본 천황가의 자손으로서 국민들을 보듬어야 할 책임이 있습니다. 저는 최선을 다해서 그 사명에 매진할 것입니다. 또한 그 과정에서 억울하게 피해를 입은 사람이 있다면 언제든 제가 할 수 있는 모든 노력을 다해서 그들을 구제할 것입니다. 그게 누구든 말입니다."

기자들은 다급하게 기사를 작성해 보내기 시작했다.

그리고 그러한 요히토의 말은 일본 정치계를 뒤흔들었다.

이것이 삶이다

"이거 지금 뭐 하자는 겁니까!"

난데없는 요히토의 돌발 행동에 일본의 극우계 정치인들은 모여서 회의를 하지 않을 수가 없었다.

"요히토 이 새끼는 뭐 하자는 겁니까? 난데없이 신용 대출? 그걸로 소송 지원? 이 새끼 진짜 뭐 하자는 거예요?"

"아무래도 요히토가 전면에 나서고 싶어 하는 것 같습니다."

"그러니까 왜 그 새끼를 그냥 두느냔 말입니다!"

그들은 요히토의 행동이 도무지 용납이 되지 않았다.

천황은 정신적 지주라는 허울을 뒤집어쓴 채로 무조건 허수아비로 남아 있어야 한다.

물론 요히토가 그걸 싫어하며 바꾸려 한다는 것도 알고 있지만, 이런 식으로 공격적으로 나올 거라고는 전혀 생각하지 못했다.

"궁내청에서는 뭐랍니까?"

"자기들도 몰랐답니다."

"아니, 그치들은 도대체 아는 게 뭐랍니까? 거기 일이 뭔데요? 천황가 감시하는 거 아닙니까?"

천황을 보좌한다는 공식적인 업무와 다르게 궁내청의 실제 목적은 천황가의 일거수일투족을 억누르고 감시하는 것이었다.

당연하게도 이걸 알았어야 했다.

"외부에 세력이 생긴 것이 문제입니다. 아시다시피 천황가는 지금까지 외부 세력이 하나도 없지 않았습니까?"

그러니까 천황가에서 뭔가를 하고 싶어도 할 수 있는 방법이 없었다.

하지만 이제는 외부 세력이 생겼고, 그들은 천황에게 충성을 바친다고 공공연하게 말하고 있다.

"젠장, 설마 그 외부 세력이 저지른 일이라는 겁니까?"

"그렇지 않으면 말이 안 됩니다. 아니, 세상에 어떤 미친 놈이 황태자에게 신용을 담보로 돈을 빌려주겠다는 황당한 소리를 하겠습니까?"

"젠장, 이래서 허수아비로 두려고 그렇게 노력을 했는데."

하지만 이미 외부에 세력이 생겼고 그걸 막을 방법이 도무지 없어 보였다.

"이렇게 되면 천황가 폐지도 감안을 해야……."

누군가의 말에 좌중에 침묵이 흘렀다.

어찌 되었건 입헌군주제인 일본이다.

그런데 천황가를 폐지한다는 것은 사실상 반역을 한다는 뜻이니까.

"그건 안 될 말입니다."

"어째서요? 사실 천황가가 하는 일이 뭐가 있다고요?"

"하는 일이 없는 게 문제가 아니라, 그걸 하기 위해서는 헌법을 고쳐야 합니다. 그게 문제입니다."

"그럼 이왕 고치는 김에 아예 평화 헌법을 싹 고치는 건 어떨까요?"

일본 정치인들의 가장 큰 꿈. 그건 전쟁이 가능한 국가를 만드는 것이다.

물론 그게 쉬웠다면 아마 동아시아는 벌써 오래전에 전쟁의 화마 속으로 들어갔을 것이다.

"안 될 겁니다. 일단 전쟁이라는 말 자체에 국민들이 공포감을 가지고 있고……."

핵을 맞은 기억이 있는 일본이다.

그렇다 보니 전쟁이라는 말 자체를 예민하게 받아들인다.

더군다나 주변에 만만한 나라가 하나도 없다.

중국을 상대로라면 국지전 정도라도 해 보겠지만 중국의 성향상 전쟁이 터지면 무조건 전면전으로 몰아갈 테고, 러시아의 경우는 지금도 수틀리면 핵폭탄 투발 가능한 수송기가 주변을 순회하고 간다.

그나마 만만한 게 한국인데, 한국을 건드리면 미국이 가만히 있지 않을 게 뻔한 데다가 사실 해군을 제외하고는 모든 면에서 한국군이 압도적이다.

게다가 '포방부'라고 불리는 대한민국의 국방부는 사거리 연장포를 가지고 있어 해군조차도 그리 유리한 편이 아니었다.

이 사거리 연장포를 한반도 최남단에서 쏘면 대마도까지

닿는데, 이를 이용해서 한국군이 포병대의 지원을 받으며 상륙을 시도하면 막기 힘들기 때문이다.

전쟁을 시작하자마자 대마도를 상실하면 분위기가 어떻게 될지는 뻔하다.

설사 상륙하지 않는다고 해도 대마도에 무차별 사격을 가할 건 뻔한 일이고, 당연하게도 대마도는 걸레짝이 될 것이다.

그렇게 대마도를 거쳐서 다시 본토로 올 수도 있고 말이다.

더군다나 원래 역사에서도 대마도는 독립국가였다.

일본이 강제로 흡수합병한 곳이다.

만일 한국군이 상륙하게 된다면?

분명 그곳을 독립시키려고 하는 독립 세력이 한국과 손잡을 거다.

당연히 한국은 그들을 이용해서 대마도를 독립시키려고 할 테고 말이다.

전쟁 이후의 협상에 따라 상황이 달라지겠지만 예상대로 된다면 일본은 전쟁에서 한국을 아예 밀어 버리지 않는 이상 대마도를 상실할 가능성이 아주 높다.

어찌 되었건 일본과 한국이 싸우면 상어와 사자가 싸우는 꼴이기는 하지만, 피해만 따진다면 일본이 클 수밖에 없다.

"망할 천황가 놈들."

그들의 말에는 천황에 대한 최소한의 예의나 존중조차 없었다.

그저 상황이 이렇게 된 것에 대한 원한만 가득할 뿐이었다.

"당장 가서 따져야 합니다. 그리고 입 닥치고 있으라고 해야 합니다."

"그게 불가능합니다."

"어째서요?"

"어찌 되었건 천황가입니다."

그리고 천황이 바보도 아니다.

과거처럼 저항하지 못할 정도의 상황이었다면 모를까, 지금은 저항할 수 있는 힘과 세력이 있다.

"만일 그런 걸로 궁내청에 대해 성토하면 어떻게 될 것 같습니까?"

"큭!"

다들 입술을 깨물었다.

만일 여기서 궁내청이 나서서 천황이 움직이지 못하게 한다면 당연하게도 궁내청이 하는 행동은 국민을 탄압하는 형태로 보일 수밖에 없다.

"전처럼 몰래 하는 건 불가능합니까?"

"힘들다고 봐야 합니다. 천황은 문제가 안 되는데 그 요히토 황태자가 문제입니다."

천황은 겁을 먹고 입 다물고 있지만 요히토는 아니다.

개혁의 기회만 있다면 언제든 할 사람이다.

"그렇다고 우리가 마음대로 천황제를 폐지할 수도 없고."

일본의 정치인들은 생각지도 못한 상황에서 어떻게 해야 할지 갈피를 잡지 못했다.

"일단 그 소송을 하는 변호사를 말리는 게 어떨까요?"

"이미 확인 중입니다만, 상대방이 천황가라는 것이 문제입니다."

수십 세기 동안 살아 있는 신 취급을 받으며 살아온 천황가가 존재하는 일본이다.

모든 변호사들이 그러한 천황가의 말을 개무시하는 것은 쉽지 않았다.

"더군다나 공짜도 아니고 적지 않은 돈을 준다는데 말이지요."

세상 어딜 가나 변호사가 돈을 벌기 위해 일하는 건 당연한 일이다.

"천황가에서는 도대체 뭔 생각인 걸까요?"

"그건 잘 모르겠습니다. 중요한 건 천황가가 움직이지 못하게 해야 한다는 것입니다."

그들은 이를 박박 갈았다.

천황가가 앞에 나서는 것을 결코 좋게 생각할 수 없으니까.

"궁내청에 한 소리 해야겠습니다."

직접적으로 뭔가를 한다는 것은 이래저래 부담이기에 결국 그들은 궁내청에 한 소리 하기로 했다.

안 그래도 요 근래 궁내청이 자존심이 상했다는 것을 알고 있으니까.

여러 문제로 눈치를 보고 있지만 천황가를 통제하는 것은 어쨌거나 그들이었으니 말이다.

"머리가 아프군요, 끄응."

그들은 머리를 부여잡았다.

하지만 자신들이 노형진의 손아귀에서 놀아나고 있다는 것은 전혀 생각하지 못했다.

⚖️

─궁내청에서 어떻게든 한 소리 할 겁니다.

신동하의 말을 계속 기억하면서 요히토는 입술을 깨물었다.

사실 딱히 신동하가 그 말을 하지 않았다고 해도 그 정도 예상하는 것은 어려운 일이 아니다.

아내가 자신들이 추천했던 명문가 출신이 아니라고 지독하게 괴롭혀서 유산시킨 궁내청이 아니던가?

그렇다고 해서 아내가 그저 흔한 집안의 사람인 것도 아니었다.

그녀 역시 나쁘지 않은 집안 출신이고, 그녀의 아버지는 일본에서도 유명한 학자였다.

그럼에도 불구하고 그들은 자신들이 추천한 후보가 아니라는 이유로 천황가를 그렇게 이 잡듯이 잡으려고 덤볐다.

'이제는 그렇게 당하지 않겠어.'

요히토는 다시 한번 품에 있는 녹음기를 만지작거렸다.

그가 전면에 나선다는 것.

그건 천황가를 방해하는 첫 번째 요인을 없애야 한다는 것과 같은 소리였다.

"요히토 황태자 전하, 지금 무슨 짓을 하신 겁니까?"

"내가 내 국민을 위해 일한다는데 그게 무슨 문제가 된다는 거요?"

"하지만 그건 정치적으로 위험한 행동입니다."

"내가 정치를 한 적은 없소만? 국민들을 불쌍하게 여겨서 변호사를 선임할 수 있도록 돕기는 했지만 나는 그 판결에 전혀 끼어들 생각이 없소. 그건 순수하게 판사들이 판단하는 것이니까. 설마 내게는 변호사를 선임할 권리조차 없다고 생각하는 거요?"

요히토는 눈앞에 있는 남자를 보면서 차갑게 말했다.

이사 사이모토. 천황가를 감시하는 궁내청의 대표 같은 인간이다.

당연하게도 천황가에 대한 배려나 존중은 눈곱만치도 없다.

그저 천황가를 통제함으로써 자신이 잘났다는 생각에 빠져 있는 꼰대 중의 꼰대일 뿐이었다.

'이 어린놈의 자식이.'

이사는 요히토의 말에 이를 박박 갈았다.

맞는 말이다.

"하지만 천황가의 모든 행동은 우리 궁내청의 허락을 받아야 합니다!"

"허락? 허락이라고 하였소? 이해가 안 가는군. 그런 규정이 어디 있소?"

"뭐라 하시었습니까?"

"그동안 내 이상했는데 말이지."

요히토는 눈을 번득였다.

지금까지 참고 있었던 모든 것이 한꺼번에 터져 나오는 순간이었다.

"내가 법을 이리 보고 저리 보고 했는데, 아무리 봐도 법에는 궁내청에서 천황가를 보좌한다고 되어 있지 지배한다고 되어 있지는 않더군."

"그게 대체 무슨 말씀이십니까?"

이사는 기가 막혔다.

'기가 막히겠지.'

아무리 생각이 없기로서니, 규정에 궁내청이 천황가를 지배한다거나 감시한다고 쓸 수는 없다.

그 말은 천황가보다 궁내청이 높다는 뜻이니까.

당연히 보좌한다는 표현이 들어갈 수밖에 없다, 실상은 어떻건 간에.

"그런데 언제부터 궁내청이 천황가를 마음대로 지배하고 천황가에서 국민들에게 내리는 은혜를 반대할 수 있게 된 거요?"

요히토의 말에 이사는 이를 빠드득 갈았다.

'요히토 이 녀석이.'

본래 궁내청을 밀어주는 건 타이토였다.

하지만 지난번 사태 이후에 유전자 검사를 할 수도 없고 안 할 수도 없는 상황이 되어 그의 입장이 애매해지면서 요히토의 지지도가 어마어마하게 올라갔다.

"전통에 따르면……."

"그러면 전통에 따라 내가 할복하라고 하면 할복할 거요?"

"지금 대체 무슨 말씀을 하시는 겁니까!"

"역사적 기록에 따르면 그런 일이 어마어마하게 많던데?"

"그건 옛날 일입니다!"

"지금 당신들이 주장하는 것 역시 과거의 그림자일 뿐이오. 우리가 국민을 도와주겠다는데, 왜 궁내청에서 그걸 방해하는 거요?"

조목조목 반박하는 요히토의 말에 이사는 손이 부들부들 떨렸다.

'모욕이다. 이건 모욕이야.'

천황가를 지배한 지 수십 년. 지금까지 누구도 궁내청 대표인 그의 말에 토를 달지 못했다.

심지어 천황조차도 그에게 아무런 말도 하지 못하고 그가 시키는 대로 해야 했다.

그런데 천황도 아닌, 고작 황태자 따위가 그를 모욕하다니.

"요히토 황태자 전하! 아무리 천황가의 핏줄을 이었다고는 하나 너무 오만 방자하시군요!"

결국 그는 언성을 높이고 말았다.

"오만 방자?"

요히토는 어이가 없었다.

오만 방자라니? 지금 이게 무슨 말도 안 되는 소리인가?

그는 주군이고 그들은 사용인일 뿐이다.

그런데 사용인이 주군에게 오만 방자하다고 하다니?

"천황가를 위해 수십 년간 충성을 바쳐 왔는데 우리를 무시하겠다는 겁니까!"

"우리가 언제 당신들을 무시했다는 거요? 나는 그저 국민들을 위해 우리가 할 수 있는 최선을 다하는 것뿐인데."

"말도 안 되는 소리 마십시오! 천황가의 모든 것은 우리의 허락을 받아야 한다는 걸 모르시는 것도 아닐 텐데!"

"허락이라니, 그게 말이나 된다고 생각하시는 거요!"

대화가 오감에 따라 두 사람의 말투는 점점 격해져만 갔다.

이사는 결국 분노가 빵 터지고 말았다.

"허락을 받아야지! 천황가를 입혀 주고 재워 주고 하나하나 챙기는 게 우리인데!"

마침내 드러난 속내에, 요히토는 기가 막힌 표정을 지었다.

"우리가 무슨 세 살짜리 어린아이도 아니고, 우리가 할 수 있는 건 우리가 선택하겠소!"

"개소리! 천황가는 그저 허수아비인 걸 모르시는 거요! 지금까지 우리가 지켜 왔는데, 허수아비, 그것도 아직 허수아비도 안 된 인간이 감히 우리의 말을 거역하다니!"

"인간?"

"그래! 인간! 하찮은 인간! 그 인간 따위가 감히 우리를 거역하다니! 후회하게 될 거요!"

이사는 얼굴이 시뻘겋게 달아오른 채로 외쳤다.

요히토는 '허수아비'라는 단어를 속으로 되뇌며 이를 악물었다.

"누가 후회하게 되는지, 어디 한번 두고 봅시다."

⚖

ー개소리! 천황가는 그저 허수아비인 걸 모르시는 거요!

녹음 내용을 들으면서 노형진은 씩 웃었다.

"역시 이렇게 되는군요."

"황태자 전하께서 조용히 건네주셨습니다. 하지만 정말 이렇게 나올 줄은 몰랐는데요."

"요히토와 궁내청의 대립은 아주 유명하니까요."

과연 그 과정에서 궁내청의 과도한 행동이 없었을까?

"그럴 리 없지요."

이것이 법이다

그럴 리 없다.

정말 없었다면 요히토의 아내가 스트레스로 유산을 했을
리 없다.

아무리 임신 시기가 위험하다고 하지만 단순한 말 몇 마디
에 애를 유산하지는 않는다.

하물며 그녀는 왕세자의 아내.

그런 그녀를 주먹으로 두들겨 패지는 않았을 것이다.

"대놓고 물어뜯었다는 것밖에 되지 않지요."

자신들이 인정하지 않은 신붓감이라는 이유로 그 정도였
는데, 대놓고 궁내청에 반발하는 요히토에게 과연 궁내청이
뭐라고 할까?

"필연적으로 싸울 수밖에 없습니다. 물론 대놓고 허수아
비니 뭐니 할 줄은 몰랐지만."

노형진은 머리를 긁적거렸다.

자신이 예상한 것 이상으로 궁내청의 반응은 극단적이었다.

그만큼 궁내청이 천황가를 깔보고 있었다는 거다.

'그러니까 요히토가 천황이 된 후에 그렇게 궁내청을 갈아
냈지.'

노형진은 회귀 전을 떠올리고는 고개를 흔들었다.

그가 많이 아는 것은 아니지만 요히토가 천황이 된 후에
궁내청은 말 그대로 싹 갈려 나갔다.

'뭐, 역사에서 조금 더 빨라진 것은 사실이지만.'

어차피 벌어질 일이다.

설사 그게 어떤 영향을 준다고 해도, 최소한 노형진에게 나쁜 영향은 주지 않을 거라 생각했다.

궁내청은 일본에서조차도 꼴통 보수의 최후의 보루쯤으로 인식되는 곳이니까.

"이제 이걸 인터넷에 뿌릴 겁니다. 그러면 한고비는 넘게 되는 거지요."

"이걸 뿌리면 궁내청은 가루가 될 텐데요?"

"그게 우리 목적이니까요."

장기적으로 일왕가, 아니 요히토가 전면에 나서기 위해서는 필연적으로 궁내청이라는 존재를 무력화시킬 필요가 있다.

그들은 계속해서 요히토의 일거수일투족을 통제하려고 할 테니까.

"아무리 일본 정치인이라고 해도 일왕가를 가까이에서 계속 감시할 수는 없습니다. 하지만 궁내청은 다르지요."

계속 감시하고 계속 참견하며 계속 괴롭힐 수 있다.

"하지만 이제는 상황이 바뀔 겁니다. 일왕가에 대한 일본인들의 정신적 충성도는 어마어마하거든요."

과거에 모 정치인이 일왕에게 편지를 보냈다는 이유 하나만으로 불경하다고 사회적으로 매장되었다.

물론 그건 일왕가가 외부에 힘쓰지 못하게 하려는 정치인들의 수작이었지만, 어찌 되었건 그 정도로 신성하게 인식되는 곳이 일왕가다.

"하물며 그런 존재를 모시는 궁내청에서 일왕가에 대놓고 허수아비니 인간이니 하는 말을 했습니다. 아마 사회적으로 어마어마한 파장이 일어날 겁니다."

"그래서 녹음을 하라고 하신 거군요."

"그들은 꼰대들이니까요."

설마 일왕가가 녹음을 할 거라고는 생각도 못 했을 것이다. 그들은 일왕가가 아직도 18세기쯤에 살기를 바라는 인간들이니까.

"그리고 이건 정치가 아니죠."

다만 일왕가에서 긴급한 상황을 지지자들에게 전한 것뿐이다.

"아마 일본 정치인들도 머리가 좀 아플 겁니다, 후후후."

⚖

인터넷에 천황가에 대한 궁내청의 발언이 퍼지자 당연하게도 전 일본 국민들은 궁내청에 대한 어마어마한 분노를 표출하기 시작했다.

어지간해서 그러지 않는 일본 국민들이다.

하지만 이번 사태는 아주 심각했다.

"궁내청은 이번 사태에 대해 책임을 져야 합니다!"

"궁내청장은 할복으로 자신의 죄를 사죄하라!"

"할복으로 사죄하라!"

"천황을 모욕하다니! 궁내청은 존재할 이유가 없다!"

안 그래도 조금씩 늘어나고 있던 천황가의 지지 세력은 이번 사태로 인해 갑자기 확 숫자가 불어났다.

천황은 국민을 불쌍하게 여겨서 돈을 빌려서라도 도와주려고 하는데, 궁내청에서 그런 천황을 인간으로 비하하고 허수아비라고 모욕했을 뿐만 아니라 국민을 돕는 것까지 방해했으니까.

'그리고 이런 경우 대부분 결과는 뻔하지.'

일본의 이지메 문화. 그건 사회적으로 물의를 일으킨 사람에 대한 무차별 공격으로 나타난다.

물론 모든 사람들에 대한 것은 아니다.

누군가는 당당하게 방송에서 성추행을 해도 문제가 안 된다. 공격 대상으로 방송이나 언론에서 특정하지 않으면 그냥 넘어간다.

하지만 특정되면, 그 순간부터는 상황이 달라진다.

정치인의 부패에 대해서는 조용하지만 여자 연예인의 열애설에 관해서는 그걸 조사한답시고 헬기까지 띄우는 게 바로 일본 언론이다.

"신의 자손인 천황가를 모시는 사람이 천황가를 인간 취급하고 일본의 역사를 부정했다!"

"할복하라!"

사람들이 분노하는 와중에 기자들은 다른 곳으로 몰렸다.

그건 다름 아닌 그 궁내청 직원의 아들의 직장이었다.

일본에서는 사회적으로 연좌제가 통용된다.

현실적으로 같이 처벌하지는 않지만, 언론에서는 그들의 가족과 그 주변 인물들을 다 캐내어서 하나부터 열까지 모조리 공개해 버린다.

'그리고 그들은 찾는 것은 어려운 일도 아니고.'

그 회사 앞, 노형진은 느긋하게 커피를 마시면서 그 장면을 보고 있었다.

그 가족들의 신분과 연락처를 찾아내는 것은 어려운 일이 아니었고, 그렇게 알아낸 정보는 언론사에 제보되었다.

"당신 아버지가 한 일에 대해 어떻게 생각하십니까?"

"천황 폐하를 무시하고 자신이 일본을 지배한다고 생각하는 것 같던데요?"

"그런 모습을 집에서도 보았나요?"

"실제로 천황보다 자신이 더 높은 곳에 있다고 그러던가요?"

"천황을 지배하려고 했다는 게 사실입니까?"

쏟아지는 질문들. 그 상황에 아들이 할 수 있는 일은 하나뿐이었다.

"이번 사태에 대해 국민 여러분에게 아주 죄송하게 생각합니다."

아들은 고개를 들 수가 없었다.

이렇게 얼굴이 팔린 이상 자신의 인생이 끝장났다는 걸 잘 알고 있는 그는 그저 눈물만 뚝뚝 흘릴 뿐이었다.

⚖️

과거 같으면 할복으로 사죄할 일이었지만 이제는 시대가 바뀌었으니 이번 한 번만 용서해 드리겠습니다.

일왕가, 아니 요히토의 기사는 빠르게 퍼졌다.

그리고 그와 함께 일왕가를 압박하려던 궁내청의 힘은 빠르게 줄어들기 시작했다.

심지어 몇몇은 다급하게 사의를 표명하기도 했다.

"왜 저러는 건지 모르겠네요."

"간단합니다. 사회적으로 매장당하기 싫으니까요."

노형진은 신동하의 질문에 간단하게 대답했다.

"그들은 권력을 가지고 있었습니다. 그리고 더 많은 권력을 가지고 싶어 했지요. 실제로 그들은 가끔 정부와 대립하기도 했고요."

하지만 현실적으로 궁내청이 가진 권력은 하나도 없다.

그저 일왕이라는 이름을 감시하고 그 권력을 빼앗아서 자기들의 권력인 양 사용했을 뿐이다.

이것이 법이다

"하지만 이제는 그렇게는 못 한다는 걸 안 거죠. 일왕가가 제대로 저항하기 시작했으니까."

과거처럼 그냥 불편해하는 정도가 아니라 녹음기까지 동원했다.

다시 말해서 그들이 뭘 하든 일왕가를 압박하면 그건 사회적으로 공개될 가능성이 높아진다는 거다.

"그리고 그런 상황에서 일왕가에 반기를 들기 쉽지 않죠."

더군다나 그들 중 한 명이 그렇게 했다가 인생이 박살 나서 무너지고 있다.

"하지만 용서해 줬잖아요?"

"아니요. 그건 말장난이고요."

노형진은 키득거리며 말했다.

사실 요히토가 저렇게 발언한 것 역시 노형진의 계획의 일환이었다.

"저 기사에는 세 가지 의미가 있습니다."

"세 개나요?"

"네. 첫 번째는 할복이라는 말이지요."

할복은 과거에 일왕이 부하들에게 명령했던 것이다.

하지만 시대가 바뀐 만큼 그걸 실제로 할 수는 없다.

"하지만 할복을 언급할 만큼 그가 큰 죄를 저질렀음을 공지하는 거지요. 그러니까 사회적으로 왕따의 대상이 될 겁니다. 지금보다 더더욱요."

그렇게 말함으로써 그들은 결국 사회적인 집단 이지메의 희생양으로 특정 지어진 것이다.

그들은 아마 이제 일본에서 사는 게 녹록하지 않을 거다.

"두 번째는 시대가 바뀌었다는 거죠. 시대가 바뀌었으니 일왕가도 전면에 나서겠다는 일종의 선전포고인 거죠."

"으음…… 그렇군요."

지금까지 전면에 나서지 못했던 일왕가.

하지만 요히토는 대놓고 말하지는 못하지만 돌려서 말한 것이다.

과거를 따를 생각이 없다고 말이다.

"세 번째는 '이번 한 번만'이라는 겁니다. 다음번에는 진짜 할복을 명할지도 모르지요."

물론 진짜로 할복을 하라고 하지는 않겠지만, 다음번에는 용서가 없다는 거다.

쉽게 말해서 궁내청에 대한 대대적인 청소를 하겠다는 의미다.

"그런 상황에서 궁내청의 오래된 꼰대들은 걱정이 앞서겠죠."

자신들이 한 짓거리가 있으니까.

그러니 다급하게 그만두는 것이다.

"물론 완전히 나아지지는 않을 테지만, 당분간은 궁내청에서 요히토를 방해하지 못할 겁니다."

이것이 왕이다

"그 사이에 천황가가 전면에 나서면 되겠군요."

"네. 국민들을 만나고 다니면 됩니다."

그러나 일본 정부는 그걸 막을 방법이 없다.

"일왕, 아니 천황이라는 존재가 이제 다시 당당하게 등장할 순간입니다."

⚖️

노형진의 예상대로 궁내청은 요히토의 활동에 제약을 걸지 못했다.

수장의 모가지가 날아간 것도 날아간 것이지만 결국 일가족이 자살했기 때문이다.

소문이 나면서 손자가 제일 먼저 자살했고 그 충격으로 아들도 자살, 그리고 당사자 역시 자신 때문에 아들과 손자가 죽자 아내와 함께 자살하는 것으로 이 비극적 사건은 끝나고 말았다.

"찝찝하기는 하네."

노형진은 그들이 자살할 거라 생각하지 못했기 때문에 쓴 입맛을 다셨다.

그가 예상한 것보다 사회적 왕따가 심했던 것이다.

"이거야 원, 뭐든 상상을 초월한다니까."

"천황은 일본인들에게 신이니까요."

아무리 정치인들이 일왕의 실권을 빼앗고 자기들끼리는 무시한다고 해도 겉으로는 일왕에 대한 절대적 충성을 표현하는 게 다 그런 이유에서다.

"만일 천황가에서 뻘짓을 하면서 그걸 요구했다면 아마 천황가가 욕을 먹었겠지만요."

하지만 이번은 그게 아니다.

일왕가는 어떻게 해서든 국민들을 돕겠다고 나선 거고 그걸 궁내청에서 반대한 것이다.

그러니 가루가 되도록 까일 수밖에 없었던 것.

"그나저나 피해자가 어마어마하군요."

"그러게 말입니다."

노형진은 신고되고 있는 숫자를 보고 혀를 내둘렀다.

사실 우생 보호법에 관련된 공식적인 통계가 없기에 얼마나 되는지는 알지 못했다.

회귀 전에는 1만에서 2만 정도라고 일본 정부에서 인정하기는 했지만, 일본 정부는 잘못을 감추는 걸로는 유명했으니까.

'그런데 1만에서 2만? 개소리하고 자빠졌네.'

무려 12만이다.

그것도 지금까지 나온 피해자만 말이다.

사망자나 아예 포기한 사람들까지 생각하면 도대체 몇 명이나 더 나올지 감이 안 잡힌다.

"다른 나라에 있는 피해자들도 속속 들어오고 있으니 피해자가 20만도 더 넘을 것 같네요."

"지독한 악법이었으니까요."

노형진은 질렸다는 듯 말했다.

"애석하게도 제가 어떻게 할 수 있는 게 없다는 게 문제이지만요."

일본 정부에서도 이번 사건이 재판에 들어가자 당혹감을 감추지 못하고 있는 상황이다.

피해자가 워낙 많은 데다가 그걸 다 배상하면 일본 정부가 휘청거릴 정도의 돈이니까.

"그건 뭐, 일본 정부가 알아서 할 일이지요."

노형진은 어깨를 으쓱했다.

재판도 배상금도, 이제 그들이 알아서 해야 할 일이다.

그가 받은 의뢰는 어디까지나 일왕가를 전면에 내세워 달라는 것이었고 그는 그 의뢰를 완수했다.

"기부금은 얼마나 모였습니까?"

"지금까지 대략 10억 엔 정도 모였습니다. 변호사비를 제하고도 충분히 남을 것 같습니다. 지금도 계속 모이고 있고요. 궁내부가 헛소리한 게 효과가 좋았네요."

노형진은 애초에 일왕가의 돈으로 재판할 생각이 없었다.

다만 명목상의 이유로 요히토를 넣은 것뿐이다.

지금 바깥에서는 천황의 빚을 갚아 주자는 운동이 벌어지고 있었다.

당연하게도 그걸 시작한 건 노형진이다.

하지만 놀랄 수밖에 없었다.

"고작 하루 만에요? 아니, 하루도 채 안 되었는데요?"

분명 어제 오후에 기부 채널을 열었고 대략 시간만 봐서는 열여섯 시간 정도밖에 지나지 않았다.

그런데 벌써 10억 엔이라니?

"일본인의 천황에 대한 충성은 아마 노 변호사님도 잘 모르실 겁니다. 그런데 그런 분이 국민을 위해 싸우다가 그 모욕을 당했으니 당연히 지갑이 열리지요. 그걸 알기에 그런 계획을 짜신 거 아니었나요?"

"아니, 그건 예상했지만요."

하지만 생각보다 너무 빨랐다.

"뭐, 좋게 생각하지요. 일단 천황가가 돈이 생기면 움직이기도 쉬워지니까요."

노형진은 고개를 끄덕거렸다.

"그리고 그럴수록 우리가 움직이기도 쉬워지고요, 후후후."

아마도 일본 정치인들은 지금쯤 머리에서 김이 피어오르는 느낌일 게 분명했다.

이것이 법이다

낳은 부모와 기른 부모

"미결 사건이군요."

새론은 과거에 인력을 충원할 때 수사관들을 대거 채용했다. 그들의 실력과 인맥으로 도움을 많이 받을 수 있기 때문이다.

비록 그들이 나이가 있어서 격투하기는 힘들지만 애초에 변호사가 격투를 해야 할 일 자체가 거의 없으니까 문제 될 건 없었다.

그중 몇몇 사람들은 미결 사건을 노형진과 새론에 주기도 했는데, 이번 사건 역시 그러한 미결 사건이었다.

"그런데 특이하네요?"

노형진은 고개를 갸웃했다.

사실 미결 사건은 해마다 한 사람당 수십 건씩 생길 수밖에 없다. 모든 사건을 해결할 수 있는 사람은 없기 때문이다.

그건 노형진이라고 해도 마찬가지다.

그래서 대부분의 수사관들은 그중에서도 피해자가 아주 큰 피해를 입었거나 가슴이 아픈 사연이 얽힌 사건을 가지고 온다.

그런데 오늘 찾아온 수사관 조영석이 가지고 온 사건은 살인이나 강도나 강간 같은 사건이 아니었다.

"보통 이런 사건은 가지고 오지 않으시는데요?"

"하하하, 저도 들어서 알고 있습니다. 하지만 애석하게도 이놈이 제 머리통을 붙잡고 놔주질 않네요."

"그렇기는 하겠네요."

사건 자체는 간단했다. 사기 사건이었다.

"이건 참, 계 모임 사건이라니. 아직 이런 사건이 종종 있기는 하지요."

"워낙 사람들에게는 도움이 많이 되니까요."

계 모임이란 목돈을 만들기 위해 여럿이 뭉치는 걸 말한다.

쉽게 말해서 열 명이 모여서 10만 원씩 내면 한 사람씩 돌아가면서 그 돈을 받아 가는 것이다.

"그런데 이 건은 좀 크기는 하네요, 그 당시 사건치고는."

사건은 15년 전의 일로, 그 당시 기준으로 무려 5억짜리 계 모임이 얽힌 일이었다.

"아아, 기억이 납니다. 그때 한창 시끄러웠지요."

서울 강남의 계 모임 사건. 그게 시끄러웠던 가장 큰 이유는 부자들이 사는 강남에서 터진 사건이었다는 것과 어마어마한 피해액 때문이었다.

피해액만 5억. 돈을 넣은 사람들만 해도 무려 백 명이 넘는 큰 규모.

"그 계주가 이 돈을 들고튀었다고 하지 않았던가요?"

"용케 기억하시네요?"

"뭐, 그 당시에 방송에서 몇 달이나 떠들었잖습니까?"

계주가 그 돈을 모조리 들고튀었다.

한두 푼도 아니고 5억이나 말이다.

"자세한 사건은 저도 잘 몰라서요."

"뭐, 그 당시에 상황이 안 좋았으니까요."

기록에 따르면 그 당시 사업을 하던 계주의 집은 망하기 직전이었다.

아니, 이미 망했다고 보아야 했다.

집도 차도 다 압류가 들어오고, 통장에는 돈이 하나도 없었다.

할 수 있는 것은 아무것도 없이, 오로지 법원의 파산 판결만 기다리던 상황.

"그 상황에서 그 돈이 생겼으니 도망가는 게 어떻게 보면 당연한 일이지요."

무려 5억이다.

어디로든 도망가서 새롭게 시작할 수 있는 돈이다.

"뭐, 피해자들이 억울하기는 하겠지만요."

"피해자들이 사기를 당한 건 맞지만 그렇다고 해서 아주 극심한 타격을 입은 건 아니지 않습니까?"

"그것도 그렇지요."

이게 일반적인 사기 사건과 계 사건의 차이점이다.

일반적인 사기 사건은 한 명에게서 최대한의 금액을 뽑아내려고 한다.

그에 반해 계 같은 경우는 다수에게서 조금씩 뽑아낸다.

"계에 목숨 거는 사람도 없고요."

이런 사건이 터지면 방송에 나와서 평생 모은 돈을 거기에 넣었네, 나는 망했네 하면서 대성통곡하는 사람들이 분명 있다.

하지만 현실적으로 보면 그게 큰 손실인 것은 사실이지만 망할 정도는 아니다.

일단 계라는 것 자체가 한꺼번에 목돈을 주는 구조가 아니다.

매달 얼마씩 내는 구조이기 때문에 한꺼번에 큰돈이 아니라 조금씩 나간다.

당연하게도 사람들이 계가 깨지는 위험에 대해 알기 때문에 자신이 감당하지 못할 정도로 재산 다 팔아서 계에 넣는 사람은 없다.

'보통 그런 사람들은 자기가 받을 순번이 되는 사람들이지.'

물론 그들에게는 속 터질 일이다.

짧게는 1년, 길게는 수년간 돈을 넣어서 목돈을 만지나 싶었는데 그걸 가지고 도망가는 건 그들에게 심리적으로는 큰 타격이지만, 실제로 그런 건 아니다.

가령 5년간 3천을 넣었다고 치자.

그걸 받아야 하는 사람은 3천만 원을 날렸다는 생각에 미치고 팔짝 뛸 일이지만 현실적으로 보면 1년에 대략 600만 원을 넣은 거고 한 달에 50만 원 정도다.

확실히 큰돈이기는 하지만 그 돈이 없다고 해서 망하거나 할 정도로 집안에 재산이 없는 사람들은 애초에 계라는 것 자체를 하기 힘들다.

"그래서 보통 이런 사건들은 그다지 관심을 갖지 않으시던데요."

피해자들에게 미안하지만 이런 고액의 계 모임은 부자들의 전유물이고 형사들은 대부분이 서민이다.

그러니 사건을 해결하기 위해 노력은 하지만 그게 미결로 남았다고 추적할 정도는 아니다.

"혹시 피해자와 아는 사이신가요?"

"아니요. 전혀요. 지금에 와서는 피해자들은 전혀 모르거든요."

"그런데요?"

"사실은……"

그는 머리를 북북 긁었다.

"이게 좀 웃긴데, 도망간 가해자를 만나고 싶습니다."

"왜요?"

노형진은 이해가 가지 않았다.

무슨 관계가 있는 것도 아니고, 그렇다고 계를 한 것도 아니다.

물론 그 당시 피해자들은 속이 좀 쓰리겠지만, 다른 곳도 아니고 강남에 사는데 이 정도 일로 집안이 망하는 사태는 벌어지지 않았을 것이다.

"어…… 그러니까, 딸이 만나고 싶어 해서요."

"딸? 무슨 딸요?"

"그러니까……."

머리를 북북 긁은 조영석은 애매한 표정으로 말했다.

"그러니까 제 딸요."

"따님이 왜 범죄자와 만나고 싶어 합니까? 아예 관련이 없을 텐데."

"그 집안 딸이기도 하거든요."

"네?"

노형진은 당황했다.

그의 딸인 동시에 그 집안 딸이라는 게 성립이 가능한지 생각하느라 머리가 팽팽 돌았지만, 도무지 이해가 가지 않았다.

"하긴 그러실 겁니다. 다들 저보고 미친놈이라고 했으니까."

"왜 미친놈이라고 했는데요?"

"아, 그게 제가 입양…… 아니, 정식 입양은 아니고, 데리고 있습니다."

조영석의 말에 따르면 그 당시에 도망간 가해자의 집안에 딸이 하나 있었다고 한다.

그것도 초등학교 5학년짜리.

그런데 그들이 딸이 학교에 간 사이에 도망갔다는 것이다.

"딸을 버리고 갔다고요? 이런 미친 새끼들을 봤나!"

"전학을 시켜야 하니까요."

딸을 데리고 가면 전학을 시켜야 한다.

전학을 가면 모든 기록이 넘어간다.

당연히 추적도 가능해진다.

"그래서 버리고 갔더군요. 졸지에 부모한테 버림받고 애가 반쯤 혼이 나갔었지요."

조영석이 현장에서 본 것은 혼이 나간 여자애의 멱살을 잡고 흔드는 정신 나간 아줌마들이었다.

고작 초등학교 5학년이 뭘 알겠느냐마는 이미 돈을 잃었다는 사실에 눈이 돌아가 버린 사람들은 그녀를 다그쳤고, 누구에게 맞았는지 모르겠지만 그녀의 뺨은 붉게 물들어 있었다고 한다.

"이건 아니다 싶더라고요."

그래서 일단은 대피시키고 피해자들에게 지랄했다고 한다.

돈 때문에 아비 어미를 찾아야 한다고 다그치는 사람들에게, 애도 버리고 간 놈들이 어디 가는지 알려 줬겠냐며 다시 한번 애한테 손을 대면 아동 폭행으로 감방에 넣어 버린다고 했다는 것이다.

"그 후에 그 애는 고아원에 갔지요."

그리고 마음에 걸려 얼마 후 찾아갔는데 충격적인 소식을 들었다.

그곳에서 자살 시도를 했다는 거다.

"그냥 두면 죽겠다 싶더라고요."

"으음."

고아원에서 제대로 케어가 될 리 없으니까.

"그래서 제가 데리고 왔습니다. 아내도 동의해 주고, 마침 아들놈도 괜찮다고 해서요."

"그러니까 딸 아닌 딸이 된 거네요."

"네."

그럴 수밖에 없다. 일단 양친 다 살아 있으니 입양 절차를 밟을 수는 없으니까.

실종 신고를 하려고 해도 일단 그들이 범죄로 인해 도피 중이니까 사망 처리는 되지 않는다.

"그런 부모라면 따님도 굳이 만나 보고 싶어 할 것 같지 않은데요."

돈 때문에 자신을 버린 부모다.

자신을 지켜 준 건 지금의 아빠지 그들이 아니니까.

"저라면 사실 평생 보고 싶지 않을 것 같습니다."

초등학교 5학년이면 만으로 11세다. 그 나이의 아이가 받았을 충격을 생각하면 끔찍하기까지 하다.

"설마 죽음을 앞두고 있다거나?"

순간 노형진은 안 좋은 기분이 들었다.

딱히 그게 아니라면 찾을 이유가 없으니까.

조영석이 묘한 표정을 지었다.

"설마…… 진짜입니까?"

"그게…… 하아, 네. 백혈병입니다."

"아, 씁……."

고작 열두 살에 버려지고 그로부터 15년이 지났으니 지금은 스물일곱 살. 한창 꽃다운 나이다.

세상으로 나가 사랑을 하고 누군가에게 사랑도 받고 헤어짐에 슬퍼도 할 그런 나이.

"설마 따님이 보고 싶어 하는 건 아니죠?"

"끄응…… 노 변호사님에게는 거짓말을 못 하겠군요."

딸인 채영신은 죽어도 안 만날 거라고 버티고 있다고 한다.

"아무리 가슴으로 낳았다고 하지만, 그래도 제 딸 아닙니까?"

"그건 그렇지요."

"기증을 시도하려고 했지만……."

"맞는 사람이 없었군요."

"네."

조영석의 가족은 당연히 맞지 않을 테니 남은 건 기증 등록자들 중에서 맞는 사람을 찾는 것이다.

'하지만 그게 쉽지 않지.'

일단 기증 등록을 하는 사람이 한국은 그다지 많지도 않거니와, 1차 검사에서 맞았다고 해서 2차 검사에서 맞는다는 보장도 없다.

2차는 더 치밀하게 검사하니까.

그래서 많은 백혈병 환자들이 치료를 받지 못하고 죽음을 맞이하는 것이다.

"만나지는 않더라도 골수 기증이라도 받아 볼까 해서요."

"그건 가능하겠네요."

애초에 골수 기증을 하는 사람과 그걸 받는 사람은 대면하지 않는다.

일단 골수 기증 자체가 돈이 아니라 무조건적인 기부 형태로 이루어져야 하기 때문이다.

만일 돈이 들어가면 골수가 맞는다는 이유로 터무니없는 금액을 요구할 수도 있기 때문이다.

"흠…… 확실히 신경 쓰일 수밖에 없군요."

"그러니까 죽을 맛입니다. 저도 나름 찾아봤는데……."

"없겠지요."

당시 무려 5억이나 들고뛴 인간들이다.

지금으로 치면 대략 20억쯤 될 돈이다.

그러니 사력을 다해서 숨을 게 뻔하다.

"따님이 싫어하겠지만요."

"안되면 거짓말이라도 해 봐야지요."

그냥 맞는 기증자가 나타났다고만 하면 된다.

어차피 만나지는 못하니까.

"전산에 나올 리는 없고."

그랬으면 벌써 잡혔을 것이다.

"이 상황에서 가장 가능성이 높은 건 가짜 신분으로 살고 있다는 건데⋯⋯."

노형진은 머리를 긁적거렸다.

"찾아보지요."

"감사합니다!"

조영석은 눈을 크게 떴다.

유일하게 남은 희망이기에 어쩔 수 없이 찾아오기는 했지만 그다지 기대는 하지 않았다.

노형진이 얼마나 바쁜 사람인지 알기 때문이다.

"감사는요, 뭐. 공짜도 아닌데."

어찌 되었건 의뢰를 받아서 하는 일이다.

"그리고 사람을 살리는 일은 언제나 최우선 아니겠습니까?"

노형진은 웃으며 말했다.

"역시나 완전 꽝이네."

노형진은 머리를 부여잡고 말했다.

그들이 살던 아파트는 이미 재건축으로 흔적도 없이 사라졌다.

사건 기록을 봐도 그 당시 정황만 있을 뿐이었다.

애초에 사기 사건은 증거를 남기기도 애매한 것이 사실이기는 하다.

사기의 핵심은 돈이지 물건이나 물증이 아니니까.

"이거 진짜 찾을 수 있겠어요?"

도와주겠다고 나선 고연미는 어이가 없다는 듯 말했다.

그래도 같은 회사 사람인데 딸이 죽게 둘 수는 없다며 도와준다고는 했지만, 뭘 어떻게 해야 할지 그녀도 갑갑했다.

"모르겠네요. 이거 진짜 답이 없는데요?"

기억을 읽기 위해서는 뭐라도 남아 있어야 한다.

하지만 남아 있는 게 하나도 없었다.

"영신이한테 물어보는 건 어때요? 그래도 뭐라도 어렴풋하게 기억이 있을 것 같은데요."

"힘들 겁니다. 일단 채영신은 절대 친부모를 만나고 싶어 하지 않아요."

이미 조영석이 설득했지만 만나느니 죽음을 선택하겠다고

못 박은 채영신이다.

그러니 가서 물어봐야 의미도 없다.

"만일 우리가 찾는 걸 알면 나중에 진짜 기증자가 나타나도 혹시나 하는 의심에 아예 거부할 수도 있습니다."

"하지만 이래서야 완전히 답이 없잖아요? 정보 팀도 나름 검색을 했지만 나온 게 없대요."

"그 정도면 이미 경찰에 잡혔을 테니까요."

노형진은 참담한 표정으로 말했다.

"아마도 상황을 봐서는 그들은 아예 다른 신분으로 살고 있을 가능성이 높습니다."

"그게 가능해요?"

"가능하지요. 대한민국에서는 돈만 있으면 뭐든 가능합니다."

"하지만 그들이 가지고 간 돈은 5억이잖아요? 물론 그 돈이 작다는 건 아니지만, 그 돈을 가지고 그렇게 산다는 게 이해가 안 가요."

상식적으로 그 돈으로 가짜 신분까지 사서 살 수는 없다.

노형진 역시 그 점을 잘 알기에 차분하게 생각을 정리했다.

"이런 말이 있지요, 부자는 망해도 삼대는 간다."

"그건 많이 들었어요."

"그 이유가 뭐라고 생각하십니까?"

"네?"

"왜 그런 말이 있다고 생각하시냐고요."

"어…… 글쎄요?"

"간단한 겁니다. 빼돌리는 게 그만큼 많기 때문이죠."

더군다나 회사가 기울기 시작하고 더 이상 회생 가능성이 없다고 판단될 때, 과연 당사자는 무슨 생각을 하게 될까?

"저라면 어떻게 해서든 한 푼이라도 더 빼돌릴 생각을 할 겁니다."

물론 남은 돈을 가지고 빚잔치하고 처음부터 다시 시작할 수도 있다.

"하지만 그건 쉽지 않지요."

일단 돈도 없을 테고, 한번 망한 사람이라는 꼬리도 붙는다. 거기에다 강남은 이런 소문이 빨리 돈다.

그래서 망했다고 하면 소위 말하는 '손절'도 아주 빠르게 벌어진다.

"어쩌면 다 털어도 빚잔치하고 나면 남는 게 없었을 수도 있지요."

"그렇죠."

"그러니 가짜 신분을 사려고 했을 겁니다."

그리고 그걸 가지고 새로 시작했을 것이다.

"그런데 왜 딸을 버리고 간 거예요?"

"짐이 되니까요."

성인의 신분은 사기가 쉽다. 돈이 급한 놈도 있고 실종자도 있으니까.

하지만 학생의 신분은 사기 쉽지 않다.

초등학생은 의무교육인지라 당연히 학교마다 모든 기록이 있다.

사진도 있고 키나 특징도 있다.

전학을 가도 그 기록을 가지고 가게 되어 있다.

"국가 단위에서 만드는 게 아니라면 아이의 신분을 구하는 건 어렵습니다."

"고작 그 이유로?"

"고작 그 이유겠지요. 뭐, 아이가 실수할까 봐 걱정되었을 수도 있지만요."

아이들은 갑자기 상황이 바뀌면 받아들이기 힘들어한다.

거기에다 초등학교 5학년쯤 되면 친구들 연락처 한두 개씩 가지고 있는 건 기본이다.

"만에 하나 연락했다가 그게 소문이 나면 잡힐 테니까요."

실제로 그런 사건이 제법 많았다.

"독한 사람들이네요."

"그러니까요."

아무리 돈이 좋다고 해도, 그리고 상황이 다급했다고 해도 하나뿐인 딸을 그렇게 매몰차게 버리고 갈 사람이 얼마나 되겠는가?

하지만 그들은 버리고 갔다.

"새로운 신분을 가지고 살고 있다면 그들을 찾을 방법이 없는 거네요."

"거의 없다고 봐야지요. 최악의 경우 해외로 나갔을 수도 있고요."

"끄응."

해외로 나간 경우라면 그건 국가 단위에서 조사해도 찾는 게 쉽지 않다.

"하지만 아예 방법이 없는 건 아닙니다."

"어떤 거죠?"

"그들은 도망치기 전에 가능하면 현금을 확보하려고 했을 테니까요."

"그런데요?"

"또 다른 피해자들을 찾아보는 건 어려운 일이 아니지요."

다만 그들이 다른 정보를 가지고 있을지는 노형진도 확신할 수는 없었다.

⚖

"채권오 사건이라……."

노형진이 노린 다른 사람들, 그들은 다름 아닌 카드 회사였다.

도망을 가기 위해서는 현금이 우선이다.

당연하게도 최대한 카드를 쓰게 된다.

어차피 그것도 갚지 않을 생각일 테니까.

"기록이 있기는 하네요."

그걸 보면서 담당자는 머리를 긁적거렸다.

"채권에 대한 소멸시효는 아직 안 지났네요. 하지만 악성 채권으로 분류되어서 더 이상 진행이 안 되네요."

카드 회사를 통해 알아보니 해당 채권은 악성 채권으로 분류되어 전문 업자에게 넘어간 것으로 되어 있었다.

"그래도 용케 채권이 살아 있네요?"

고연미는 신기하다는 듯 말했다.

일반적인 채권의 소멸시효는 10년이다. 하지만 상사채권은 그 기간이 5년이다.

상사채권이란 상법상 영업 행위로 발생하는 채권을 말한다.

카드 대금은 일반적인 민사 대여금이 아니라 상업적 보증의 일부이므로 상사채권으로 보아 소멸시효가 5년이다.

그럼에도 불구하고 그 채권의 소멸시효가 15년이나 지난 지금에도 살아 있을 수 있는 건, 채권의 소멸시효가 그게 발생한 날로부터 5년인 것이 아니라 그걸 돌려 달라고 한 날로부터 5년이기 때문이다.

쉽게 말해서 어떤 방식으로든 반환을 청구했다면 그날부터 5년씩 자동 연장되는 거다.

"뭐, 저희야 시스템으로 매년 채권자에게 내용증명을 발송하니까요."

받든 안 받든 그걸 발송함으로써 채권의 시효를 유지하는 게 바로 채권 추심업자들이다.

그리고 노형진이 노린 게 바로 그거였다.

"혹시 그 관련 서류 있을까요?"

"관련 서류라고 하시면?"

"그 사람이 카드를 어디다 썼는지에 관해서요."

"글쎄요. 그런 것까지 있을는지 모르겠네."

담당자는 머리를 긁적이면서 컴퓨터를 뒤지기 시작했다.

일반적으로 악성 채권은 한꺼번에 이쪽으로 넘어오기 때문에 그런 게 있는 경우는 드물다.

갚아야 하는 최종 금액에 대한 기록만 넘어오니까.

"역시나 그런 건 없네요."

"아……."

카드 회사는 채권을 넘기고 기간이 오래되어서 이미 관련 기록을 삭제한 상황.

채권 추심 회사에 필요한 건 사용 내역이 아니라 최종 비용이니까.

"끄응……."

노형진은 머리를 긁적거렸다.

잘 가다가 막히는 느낌이었다.

"그러면 어느 때 가장 많이 썼는지 알 수 있을까요?"

"그거야 가능하겠지요."

그 정도는 증거로써 같이 나오니까.

"그걸 본다고 방법이 생길까요?"

"방법이 있습니다."

잠시 후 화면에 나타난 것은 매달 사용된 금액이었다.

애석하게도 어디에 쓴 것인지는 나오지 않았지만.

"으음……."

노형진은 그들이 사라지기 전 쓴 내역을 봤다.

보아하니 카드를 한도까지 쓴 것 같았다.

"상황을 봐서는…… 동남아는 아니군요."

"네? 아니, 그걸 어떻게 아세요, 기록이 없는데?"

직원은 신기하다는 듯 말했다.

그는 아무리 봐도 그냥 숫자만 보였으니까.

"여기 이거 보이시지요?"

거의 마지막 달에 쓴 비용. 그 금액은 수백만 원이었다.

"그런데 그동안 이렇게 갑자기 큰돈을 쓴 기록은 없거든요."

"명품을 샀을 수도 있잖아요?"

고연미의 말에 노형진은 고개를 흔들었다.

"그들은 야반도주했습니다. 짐을 대부분 놓고 갔지요. 이 상황에서 명품을 사면 그것도 놓고 갈 가능성이 높아집니다. 짐을 줄여야 하니까요."

"그러면?"

"그러면 이 금액은 다른 곳에 들어갔다고 보면 됩니다. 도주를 하기 위해 마지막에 거액의 돈을 쓸 일이 뭐가 있을까요?"

노형진이 웃으며 질문하자 고연미는 전에 하던 말을 생각하고는 손뼉을 짝, 소리 나게 쳤다.

"비행기!"

"맞습니다. 항공권이지요."

항공권이 있어야 해외로 도망갈 수 있으니까.

"돈을 이미 빼돌렸다면 나가는 건 어려운 일이 아닐 테고요."

"하지만 나간 기록은 없었잖아요?"

그들이 해외로 나갔다면 조영석이 이미 그걸 알았어야 한다.

하지만 조영석은 그들이 나갔다는 걸 몰랐다.

"가짜 신분증으로 나갔겠지요."

한국에서 가짜 신분증으로 살면 사는 게 쉽지 않다.

한꺼번에 두 사람이 존재하는 셈이니까.

당장 한쪽에서 계좌를 만들면 다른 쪽에서 돈을 빼 갈 수도 있고 말이다.

"하지만 해외로 나간 후에 그곳에서 아예 새로운 신분을 받으면 이야기가 달라지지요."

"오호?"

채권회사 직원은 눈을 반짝였다.

지금까지 카드 사용 기록만 보고 이렇게 체계적으로 분석한 사람은 없었다.

"그러면 어디로 갔다고 보시는데요?"

호기심에 묻는 직원의 말에 노형진은 카드 내역을 물끄러미 바라보았다.

　　"일단 아까 말했듯 이 금액은 동남아 비행기 푯값이 아닙니다. 그렇다고 보기엔 너무 커요. 더군다나 다시 돌아올 것도 아니고 편도입니다. 편도라면 1인당 가격은 확 뛰지요."

　　노형진은 그걸 보면서 대충 비행기 가격을 계산해 봤다.

　　얼마 지나지 않아서 답이 나왔다.

　　"미국이나 유럽 쪽이겠네요."

　　"미국이나 유럽 쪽요?"

　　"네. 그렇지 않다면 편도 비용이 이렇게 비쌀 이유가 없지요."

　　물론 그저 확률일 뿐이다.

　　하지만 마지막 달에 갑자기 비용이 확 뛴 걸 보면 그럴 가능성이 제일 높았다.

　　"아, 씁…… 미국……. 이 새끼 못 잡겠네."

　　미국에 가서 자리를 따로 잡으면 새로운 신분을 받아 내는 것은 어렵지 않다.

　　"생각보다 많이 빼돌렸나 보네요."

　　"그런 것 같습니다."

　　그렇지 않다면 미국으로 갈 수 없었을 테니까.

　　즉, 애초부터 작정하고 준비했다는 거다.

　　"그리고 생각보다 냉혹한 자들이라는 소리이기도 하고요."

　　"어째서요?"

"미국이지 않습니까, 한국의 전학 시스템에 영향을 받지 않는."

"아……."

그 말은 충분히 채영신을 데리고 갈 수 있었다는 뜻이다.

"그런데 데리고 가지 않았다는 건, 자기 자식을 진짜로 짐 취급했다는 거죠."

"아, 씁. 개새끼들."

고연미는 그녀답지 않게 욕을 내뱉을 수밖에 없었다.

그녀 입장에서는 자녀를 버린다는 게 도무지 이해가 가지 않았으니까.

"하지만 미국인지 유럽인지 알 수가 없잖아요? 그들을 찾는 게 쉬울 것 같지는 않은데요."

노형진은 고개를 흔들었다.

"가능하기는 합니다."

"어째서요?"

"아직 공소시효가 끝나지 않았을 테니까요."

⚖

공식적으로 사기의 공소시효는 10년이다.

하지만 그건 어디까지나 그들이 한국에 있고 한국 검찰이 무능해서 그들을 못 잡을 때의 이야기다.

해외로 도피하는 경우 공식적으로 공소는 정지되며 그들이 다시 들어와야 공소가 시작된다.

　"공소 재개 허가가 떨어졌다. 그나저나 참 검찰도 병신이다. 똑같은 자료를 똑같이 15년을 쥐고 있었는데 모르냐?"

　피식 웃는 오광훈.

　"너도 검사거든?"

　"응. 난 똑똑한 검사."

　"지랄하지 말고. 그래서 뭐 좀 알아봤어?"

　"네가 부탁한 거 알아봤어."

　해당 분석 결과를 가지고 공소 재개를 신청했고, 법원에서는 간신히 허가가 떨어졌다.

　그래서 오광훈은 그 분석 결과를 바탕으로 노형진이 신청한 걸 확인했다.

　"일단 그 당시에 미국에 나갔다가 돌아오지 않은 사람들은 대략 서른 명이야."

　"생각보다 많지 않네?"

　"이민이니까. 물론 미국에 간 사람들은 많지. 하지만 결국은 돌아오게 되잖아."

　"그렇지. 그러니까 내가 확인해 보라고 한 거고."

　물론 이민자들은 매년 서른 명을 훌쩍 넘는다.

　하지만 노형진이 들어오지 않은 사람을 추적하라고 한 이유는, 그들이 미국으로 이민을 갔다고 해도 한국에 가족이 남아 있을 가능성이 높기 때문이다.

부모가 있을 수도 있고 형제자매가 있을 수도 있다.

그런데 단 한 번도 들어오지 않았다는 건 둘 중 하나다.

한국이라면 학을 떼고 한국 쪽으로는 오줌도 누지 않을 생각으로 떠났든가, 아니면 그들이 들어오는 게 아니라 이쪽 가족들이 그쪽으로 갔든가.

"그래서 그 서른 명 중에서 한국에서 활동한 기록이 발견된 사람을 찾아봤지."

미국에서 단 한 번도 한국으로 돌아오지 않은 사람을 특정하는 것은 어려운 일이 아니었다.

많은 것도 아니고 고작 서른 명.

이미 특정은 되었으니 주민등록번호를 검색하면 그들이 한국에서 활동한 기록이 나온다.

당연하게도 두 사람이 존재하니까 그 기록은 어쩔 수가 없다.

따로 조사를 하지 않는다면 일반적으로는 걸리지 않을 것이다. 미국에서의 삶이 있고 한국에서의 삶이 있으니까.

두 나라가 시스템적으로 정보를 공유하도록 설계되지 않았기 때문에 직접 이렇게 노가다로 찾기 전에는 비교는 힘들다.

그러나 찾기 시작하면 확실하게 나온다.

"그렇게 찾았는데 여덟 명이 나오더라고."

"엥? 여덟 명?"

분명 미국에 간 건 두 명이다. 그런데 여덟 명이라니?

"그놈들이 그렇게 도망갔는데 다른 놈이라고 안 그러겠냐?"

"아, 무슨 소리인지 알겠다."

"그래서 지금 부장이 기분이 좋아. 그동안 어디로 갔는지 몰랐던 놈들을 잡을 수 있게 되었으니까. 더군다나 모조리 큰 건이거든. 그래서 지금 미국뿐만 아니라 동남아나 중국 같은 곳도 다 그런 식으로 조사 중이야."

"그러겠지. 그렇게 큰 건이 아니면 돈이 어디에 있어서 미국으로 가겠어?"

가 봐야 동남아 쪽으로 가지, 미국으로 가는 건 진짜 어마어마하게 돈을 빼돌린 경우에나 가능하다.

"그리고 그 사건 기록을 찾아봤는데⋯⋯."

"응? 그 사건 기록? 사기 아니었어?"

"사기야 그 사람들 입장에서고, 검찰은 그 사건을 파고들어야 하니까."

"그런데?"

"이거 고의로 부도낸 거야."

"뭐?"

노형진은 눈을 찌푸렸다.

고의 부도라면 그는 몇 년간 준비하면서 회사의 모든 걸 빼돌렸다는 것이다.

"어째서? 그 회사가 그렇게 위험했어?"

"위험했다라⋯⋯. 위험했다기보다는 사양산업이었지. 신

발 공장이었거든."

"아……."

한국은 한때 신발을 만드는 메카로 유명했다.

전 세계의 많은 브랜드들이 한국에서 신발을 만들어 갔다.

실제로 그 당시에만 해도 여러 한국 브랜드들이 해외로 진출도 많이 했다.

싼 가격과 좋은 품질로 말이다.

"하지만 어느 순간 끝이 났지."

높아지는 인건비, 다른 나라의 기술 발달로 인해 한국의 신발 산업은 더 이상 호황이 아니다.

그저 그런 수준밖에 안 되는 상황.

"눈치 빠른 놈이네."

"그러니까. 검찰에서 그 계 모임 피해자들에게 수사한 걸 알려 주지는 않은 모양이야."

"그랬겠지."

엄밀하게 말하면 회사의 고의 부도는 채영신의 아버지인 채권오의 사건이고, 계 모임 사건은 엄마인 곽숙영의 사건이다.

그러나 불친절한 검찰이 그걸 피해자들에게 다 설명하지는 않았을 것이다.

"회사가 고의 부도난 거라고 하면 그쪽 금액은 어마어마하겠는데?"

"그쪽 금액이 68억이야, 그 당시 기준으로."

"미친놈들."

노형진은 혀를 내둘렀다.

양쪽 다 작심하고 한 행동이었던 것.

"그런데 자식도 버리고 가다니."

"미친놈들이네, 진짜. 하여간 네 덕분에 내가 이번에 칭찬을 받았다."

"어색하다."

"뭐가?"

"점점 조폭 모습은 사라지고 검사로 변해 가는 네 모습이."

오광훈이 낄낄거렸다.

"보는 눈이 많으니까."

"하긴 그렇지."

여기는 둘만 있는 곳이 아니고 검사실이다.

공식적인 업무로 온 거니까 오광훈 역시 나름 조심하고 있는 것이다.

과거에 비하면 진짜 장족의 발전이었다.

예전 같으면 일단 '씨발'이라는 말부터 튀어나왔을 인간이니까.

"안 맞는 옷 입은 것 같아서 갑갑하기는 한데, 어쩌겠어?"

피식 웃은 오광훈은 노형진에게 한 장의 서류를 내밀었다.

"하여간 네가 찾아낸 그 분석법으로 튄 새끼들 다 찾는다고 지금 난리다. 금액을 가지고 항공권을 분석하는 건 생각도 못 했는데."

"하하하."

"어찌 되었건 지금 상황에서 가장 의심스러운 건 이 연놈들이야."

"역시 오광훈. 본모습 나오네."

"아, 씁."

방심하는 사이 본모습이 나온 오광훈이 눈을 살짝 찡그렸다.

"일단 둘 다 그 당시에 성인이었고 딱히 기록은 없어."

"관계는?"

"전혀 모르는 남남."

"그렇군."

하긴 미국에 가면 어차피 사라질 신분인데 꼭 어렵게 부부를 찾아서 출국하려고 하지는 않았을 것이다.

조건이 까다로울수록 일은 힘들어지니.

"잡아 오려면 멀까?"

"이미 데리러 갔다. 뭐, 일단은 참고인이지만 켕기는 게 있으니 알아서 오겠지. 지금 갈 건데 같이 갈래?"

"그래야지."

노형진은 자리에서 일어났다.

"그 사람들이 맞는지 확인해야 할 테니까."

남자는 눈을 데굴데굴 굴렸다.

"그래서 미국에도 계시고 한국에도 계시는데, 어떻게 하신 겁니까? 분신술이라도 쓰신 겁니까?"

취조실에 앉은 오광훈은 남자를 보면서 물었다.

물론 그의 얼굴에 떠오른 미소는 상당히 불편해 보였다.

"오 검사, 갑자기 왜 저럽니까?"

밖에서 지켜보던 노형진은 고개를 갸웃했다.

그는 절대 저런 스타일이 아니다. 저런 스타일이 될 수도 없다.

그런데 애써 정중하고 젠틀하게 행동하려고 노력하는 게 눈에 보였다.

그때 노형진의 말을 들은 직원이 알은척을 했다.

"아, 오 검사님요?"

"네, 원래 이쯤 되면 '야, 이 씹쌔끼야.'라는 대사가 나올 시기인 것 같은데?"

물론 그걸 가지고 상위 검사들이 당연히 뭐라고 한다.

하지만 오광훈은 단 한 번도 거기에 신경 쓴 적이 없었다.

그런데 갑자기 정중한 톤이라니.

직원이 기억을 더듬는지 미간을 찡그리더니 말했다.

"뭐…… 애 교육이 어쩌고 하시던데요? 결혼도 안 하셨는데 무슨 애 교육 운운하시는 건지 모르겠지만요."

"애 교육? 아아아."

노형진은 뭔지 알 것 같았다.

오광훈을 진짜 존경하고 사랑하며 일거수일투족을 다 따라 하려고 하는, 좀 많이 어린 아가씨가 한 명 있으니까.

'하긴 그럴 만하지.'

오광훈은 그녀를 회귀 전부터 지켜봐 왔고 키우다시피 했다.

그랬으니 딸같이 보였을 테고 자신에게 거친 모습을 배울까 걱정할 게 뻔했다.

그녀의 개인적 감정을 알는지는 모르지만.

"그러니까, 모른다는 말씀이시죠?"

"네, 저도 잘 몰라요. 여권을 잃어버린 적이 있는데 그때 새어 나간 건지."

"하지만 신고가 안 되어 있는데요?"

"저도 그때 바빠서 깜빡하고……."

말도 안 되는 변명으로 일관하는 남자를 보고 있던 오광훈은 웃으면서 취조실에서 나왔다.

"아, 돌겠네."

"광훈아."

"응?"

"비밀로 해 줄게."

"뭘?"

"본모습 말이야. 어차피 여기 없잖아."

오광훈은 움찔했다.

"버릇이 쉽게 고쳐지냐? 좀 터프하게 나가도 괜찮아."

"하지만……."

"그 애가 있을 때만 잘해."

"역시 그럼 되겠지?"

오광훈은 눈을 반달로 살짝 휘더니 갑자기 매고 있던 넥타이를 풀었다.

"아, 씨발. 좆같아서 못 하겠네. 이놈의 개목걸이는 더럽게 갑갑하고."

"거봐, 얼마나 자연스러워?"

"저 좆같은 새끼. 내가 호구로 보였나 본데, 그래, 두고 보자."

오광훈은 웃으면서 나왔던 그 모습과 반대로 머리를 흐트러뜨리고 넥타이에 단추까지 몇 개 푼 다음 다시 취조실 안으로 들어갔다.

"야, 이 씹째끼야! 그래서 여권을 잃어버렸다고? 응? 근데 뭐? 신고를 안 했다고? 이 개새끼가 내가 무슨 병신인 줄 아나? 넌 내가 검사직을 날로 먹은 줄 아냐?"

'날로 먹었지.'

노형진은 조용히 침묵을 지키면서 유리창 너머의 상황을 지켜보았다.

"오냐, 이 좆같은 새끼야. 너 여권 안 팔았다 이거지? 괜찮아, 괜찮아. 어차피 네 주민등록번호 아니까 그 새끼는 잡을 수 있어. 하지만 너도 국가에서 주는 급식 좀 먹어 줘야겠다."

'돌변'한 오광훈의 모습에 남자는 크게 당황하여 허둥댔다.

"저기요? 검사님, 아니, 갑자기 왜 그러세요?"

"갑자기? 갑자기? 이 개 같은 새끼가 지가 먼저 건드려 놓고 갑자기?"

"아니, 아까 전에는 되게 정중하셨잖아요!"

"아, 그 새끼? 그 새끼, 내 쌍둥이다. 들어 봤냐, 쌍둥이 검사? 걔 좋은 검사, 난 나쁜 검사."

오광훈은 그렇게 말하면서 남자의 멱살을 잡아 올렸다.

"정중하게 해 달라고? 그래, 해 주지. 일단 나쁜 검사가 아구창 몇 대 돌리고 시작할게요. 사랑합니다, 고객…… 아니, 피의자님!"

"으어억! 살려 주세요! 잠시만요! 말할게요! 말할게요!"

돌변한 오광훈의 모습에 남자는 잔뜩 겁을 먹고 비명을 질렀다.

"그래, 저래야 우리 검사님이지."

직원들은 그걸 보면서 피식하고 웃고 말았다.

"맞아, 그 새끼."

"제대로 돌아왔네."

"아, 씨발. 진짜 이 버릇 어쩌냐. 입에 아주 붙었네."

"죽어도 안 고쳐질걸."

"그건 맞네."

긴 한숨을 쉬는 오광훈.

"네가 말한 대로 남의 명의를 돌려서 해외로 튀었다. 그 새끼들을 데리고 오려면 일단 미국에다가 영장 청구부터 해야 하는데 이거 쉽지 않아. 알지?"

범죄인인도 조약이 되어 있으니 그걸 가지고 소환은 할 수 있다.

하지만 노형진은 그걸 막아야 했다.

"미안한데 그건 좀 기다려 주면 안 되냐?"

"아니, 왜? 그 새끼들 잡으려고 하는 거 아니었어?"

"그건 맞는데 이유가 좀 달라."

노형진은 사정과 함께 왜 그렇게 해야 하는지까지 다 설명을 해 줬다.

"그러니까 그 녀석들이 범죄인인도 조약에 따라 송환될 위기가 되면 소송을 걸어서 연장한다는 거네?"

"그래. 평소라면 상관없지. 하지만 지금 의뢰인은, 아니 의뢰인의 딸은 백혈병이야. 골수이식이 다급한 상황이야."

그런데 그들이 오지 않으면 골수이식을 할 수가 없다.

"당장 우리가 가서 잡으려고 하면 어떻게 해서든 다시 잠수를 타려고 하겠지."

골수이식을 하는 데 가장 중요한 것은 유전자의 일치성이
고, 부모나 형제자매만큼 가능성이 높은 사람도 없다.

더군다나 다른 형제는 없는 상황.

"이런 말 하면 그런데, 그 새끼들이 하겠냐? 딱 봐도 안 할
게 뻔하게 보이는데?"

노형진은 고개를 끄덕거렸다.

"그럴 가능성이 높다. 그렇다면 어떻게 해서든 강제로 하
게 해야지."

그게 어떤 방법이든, 노형진은 할 생각이었다.

가면을 쓴 자들

오광훈은 노형진의 부탁을 들어주기로 했다.

일단 지금 상황에서 체포하면 노형진의 말대로 어떻게 해서든 한국에 들어오지 않으려고 할 게 뻔했기 때문이다.

그리고 노형진은 그사이에 채권오와 곽숙영을 찾기 위해 미국으로 향했다.

물론 찾는 게 쉬운 것은 아니었다. 그들이 미국에 어떻게 들어왔는지는 알아냈지만 그들이 어떤 이름으로 어디에 숨어 있는지는 알아내지 못했으니까.

사실 오광훈이 일단 도와주기로 한 것에는 그런 이유도 있었다. 미국으로 도피했으면 인터폴에 연락해야 하는데 어디에 있는지도 모르는 상태에서 연락했다가는 타초경사의 우를 범할 수도 있다.

"그래서 어떻게 찾을 건데?"

오광훈은 눈을 반짝이며 말했다.

"용케도 미국 보내 준다?"

"내가 미국에도 인맥이 좀 있지 않냐? 이래 봬도 나름 미국에서 훈장도 받은 검사라고."

"지랄한다."

노형진은 오광훈을 보면서 피식 웃었다.

물론 틀린 말은 아니다.

그 일 대부분을 노형진이 한 것이니 문제일 뿐이지.

"일단은 위에다 말해 놨어, 찾을 때까지 좀 기다려 달라고. 그런데 어떻게 그놈들을 찾을 거야? 미국 땅은 어마어마하게 넓잖아."

물론 그들이 여러 도시를 다니면서 대사관에 자신들이 어디에 있는지 말해 준다면 찾기 쉽겠지만, 이민을 간 평범한 사람도 안 하는 일을 신분까지 도용해서 밀입국한 그들이 할 리 없었다.

"그놈들 투자 이민으로 들어간 거잖아?"

아무리 노형진이 기억을 읽을 수 있다고 해도 그건 어디까지나 그 대상이 있을 때의 이야기다.

하지만 그 대상이 없는 지금 같은 상황에서는 노형진의 사이코메트리 사용은 제한될 수밖에 없었다.

그래서 노형진은 자신의 머리로 그들을 찾아야 했다.

이것이 법이다

"맞아. 투자 이민으로 나갔지. 하지만 그 이후에 어디에 있는지는 모르잖아. 그게 문제인 거고. 그런데 투자 이민이 뭐냐? 이민하고 달라?"

"비슷하지. 하지만 바로 영주권이 나오는 거야."

일반적으로 이민은 그 나라에 가서 사는 것을 의미한다.

하지만 그 나라에서 산다고 해서 그 나라의 시민이 되는 것은 아니다.

그 나라에서 일정 기간 살며 그 나라의 법과 규칙에 순응해야 그 나라의 시민이 될 수 있다.

그래서 이민을 생각하는 사람들은 극도로 몸을 사린다.

단순한 딱지 하나도 결격사유가 될 수 있기 때문이다.

"하지만 투자 이민은 좀 다르지. 돈이라는, 신분 증명을 위한 하이패스가 있으니까."

자신이 가진 돈을 그 나라에 투자함으로써 그 나라의 시민이 된다.

미국 같은 경우는 약 55만 달러, 한화로 대략 6억 6천 정도 되는 돈을 투자하면 투자 이민으로 인정되며 바로 영주권이 나온다.

"일정 기간 움직이지 못하지만 완전히 사라지는 돈도 아니고."

"아……."

당연히 그렇게 등록한 후에는 등록한 신분으로 살면 된다.

일상생활에서는 다른 이름을 쓰는 건 어려운 게 아니다.

채권오라는 이름 대신에 일상생활에서 로버트 채 같은 식으로 쓰면 되니까.

"투자금을 냈다고 해서 그곳에 기록된 주소지에 살고 있을까?"

"그건 아니겠지. 하지만 이건 투자잖아. 기부나 증여가 아니고."

"응?"

"투자라는 건 기업을 활성화시키기 위해 하는 거야."

돈이 들어오면 기업이 성장하는 건 당연하다.

하지만 그걸 정부에서 투자할 수는 없고, 딱히 메리트가 없는 곳에 돈이 당장 들어갈 가능성은 없다.

그걸 해결하는 게 바로 투자 이민이다.

"그 말은 그 돈을 돌려받을 수 있다는 거지."

돈을 돌려받는 정도가 아니라 투자를 했을 때 그 수익금을 나눠야 한다는 문제도 생긴다.

투자 이민이라고 해도 아무 기업에나 다 투자하는 게 허용되는 건 아니다.

정부에서 승인한 기업만을 인정하는데, 당연히 그런 곳은 미래에 대한 가치가 인정되지만 자금이 부족한 곳들이다.

"돈을 돌려받아야 하는데 과연 그곳에 연락처가 없겠어?"

"아!"

오광훈은 자신도 모르게 탄성을 내질렀다.

"이미 투자 이민을 한 건 확인했잖아?"

당연하게도 그 기록을 가지고 미국에 협조를 요청했다.

"그 회사에 가면 아마 연락처나 사는 곳을 알 수 있지 않을까 싶다."

아니, 그럴 것이다. 그렇게 돈 욕심이 많은 놈들이 6억 6천만 원이나 되는 돈을 포기할 리는 없으니까.

"모든 사기꾼들이 다 투자 이민을 하지는 않겠지?"

"그러지는 않겠지."

"아, 씁……. 다른 놈들은 어떻게 찾냐."

"내 알 바 아니지. 그건 알아서 하라고 해."

검찰에 공짜로 떠먹여 주고 싶은 생각이 노형진에게는 전혀 없었다.

"뉴저지에 살고 있네요."

법원의 명령장과 미 정부의 공문 덕분인지 회사에서는 어렵지 않게 그 주소를 찾을 수 있었다.

하지만 노형진은 그걸 보고 눈을 찌푸릴 수밖에 없었다.

"주소가 이상한데요?"

집으로 등록되어 있어야 한다.

그런데 뜬금없이 창고다.

"이거 뭐지?"

"어, 이상하네요?"

직원도 이상하다는 듯 고개를 갸웃했다.

주소의 마지막에 장기 임대 창고 이름이 적혀 있었으니까.

당연하게도 그곳에서 사람이 살 수는 없다.

"마지막으로 갱신된 게 5년 전이에요. 그 이후에는 갱신되지 않았어요."

"돈은요?"

"돈은 압류되었네요."

"압류요?"

"네. 해당 투자금은 소송으로 인해 압류 상태예요."

그 말은 그 돈을 찾아가지도 못하게 된 상황이라는 거다.

"뭐야, 이거? 어떻게 된 거야?"

상황이 이해가 가지 않았던 오광훈은 어리둥절한 표정으로 물었다. 하지만 과거 미국에서 산 경험이 있는 노형진은 지금 상황이 이해가 갔다.

"망했네."

"뭐? 우리 망한 거야? 이 새끼들 튄 거야?"

"아니, 우리 말고 이놈들. 이쪽이 망했다고."

"이쪽이?"

"그래."

장기 임대 창고. 그건 여러 가지 물건을 보관하는 곳이다.

그런데 개인적으로 그곳을 빌리는 사람들 중 상당수가 집을 빼앗기는 경우가 많다.

집 같은 것은 압류가 가능하고 팔 수도 있지만, 그 안에 있는 개인적인 물품들은 그다지 돈이 되지 않는다.

그러니 압류하지 않는다.

하지만 망한 사람 입장에서는 개인적인 추억이 있을 수도 있고 당장 버렸다가 나중에 다시 사려면 그것도 돈이 들기 때문에 개인적인 물품들을 보관하려고 한다.

그럴 때 가장 많이 쓰는 게 장기 임대 창고다.

"그냥 뭔가 보관하는 데 아니야?"

"그럴 가능성은 낮아. 그러면 주소를 이곳으로 하지 않았겠지."

더군다나 투자금이 압류되었다.

그 말은 그 투자금을 지킬 여력도 없다는 소리가 된다.

"일단 과거의 주소로 가 보는 게 좋겠어."

노형진은 입술을 깨물며 말했다.

하지만 등골이 써늘해지는 것은 어쩔 수가 없었다.

⚖️

현장에 갔을 때 노형진의 예상대로 그 집에 사는 것은 전혀 다른 사람들이었다.

그들은 이 집으로 이사 온 지 5년이 되었으며 전에 살던 사람들이 어디로 갔는지는 모른다고 했다.

"어떻게 된 걸까?"

오광훈은 집에서 멀어지면서 고개를 돌려서 한 번 더 돌아보다가 입술을 깨물며 말했다.

"그걸 좀 알아보기는 해야겠지. 하지만 이거 상황이 심각해."

처벌받는 거? 사실 그건 노형진에게 중요한 게 아니다.

그들을 처벌할 수 있다면 좋지만, 처벌하지 못한다고 해서 자신이 손해를 보는 것도 아니니까.

"하지만 생명이 달려 있는 문제란 말이지."

그러니 어떻게 해서든 찾아야 한다.

"이 주변에서 그 사람들을 기억하고 있는 사람이 없는 것 같은데 어디로 가야 하지?"

이미 사라진 지 오래된 사람들.

"알 만한 곳이 있어."

"어디?"

"한인 교회."

"한인 교회?"

"그래. 미국 한인 교회는 한국의 교회와는 좀 다르거든."

물론 종교적 활동을 하는 것은 한국의 교회와 같다.

하지만 한편으로는 미국으로 온 한국인들의 구심점 역할을 함으로써 공동체를 만들기도 한다.

"아무리 사기를 치고 도망쳤다고 해도 아예 한국 사람들과

연을 끊을 수는 없었을 거야. 능숙하게 영어를 하던 사람들은 아니었으니까. 그러니까 한인 교회에 가서 물어보면 지금 어디에 있는지는 몰라도 최소한 그들에게 무슨 일이 벌어졌는지는 알 수 있겠지."

노형진은 다행히 근처에 사는 한국인에게서 한인 교회의 주소를 알아낼 수 있었고, 어렵지 않게 목사를 만날 수 있었다.

목사는 채권오와 곽숙영이라는 이름은 몰랐지만 주소를 말해 주자 그들이 누군지 알아차렸다.

"다니엘 말이군요."

"다니엘?"

"네, 다니엘 채와 클라라 곽이라고 불렀습니다. 한국 이름은 안 썼으니까요."

목사는 고개를 흔들며 말했다.

"그들에게 딸이 있었다는 건 전혀 몰랐습니다."

"한 번도 이야기하지 않았나요?"

"네. 아이가 있다는 소리는 한 번도 한 적 없습니다."

"완전 개새끼들이네."

자기 딸을 홀로 한국에 버려두고 도망친 후 아예 신경도 안 쓴 게 분명했다.

"그런데 어떻게 된 겁니까? 그 사람들 주소지에 살지 않던데."

"음…… 이런 걸 한국식으로 표현하자면 제 버릇 개 못 준다고 하는 거죠."

"그게 무슨 말씀이신지?"

"사기를 치려고 했습니다."

"사기요?"

"네. 그것도 기업을 대상으로요."

기업을 대상으로 음식에서 이물질이 나왔다면서 엄청난 손해배상을 청구했던 것.

물론 그건 흔한 일이다.

미국의 또 다른 이면은 소송의 나라.

그만큼 별의별 소송이 다 걸린다.

오죽하면 전자레인지 사용 설명서에 '전자레인지에 고양이를 넣고 돌리지 마시오.'라는 황당한 설명이 다 있겠는가?

실제로 그래 놓고 소송을 건 인간이 있기 때문이다.

"그런데 걸렸나 보네요."

"네. 한국하고 미국은 좀 다르지요."

한국에서는 이런 걸로 소송을 건다고 해도 지면 그만이다.

물론 기업도 그에 따른 소송을 하겠지만, 그 손해배상은 얼마 되지 않는다.

"하지만 미국에서는 계획범죄의 경우 징벌적 손해배상이 따라붙으니까."

당연하게도 그 회사에서는 그들에게 징벌적 손해배상을 청구하면서 제대로 싸우기 시작했고, 증거에서부터 자료까지 모조리 조작했던 두 사람은 그 징벌적 손해배상을 피할 수가 없었다.

'멍청하긴.'

미국 법이 한국처럼 물렁할 거라고 생각했다면 오산이다.

만일 한국이었다면 이들은 기껏해야 1억 미만의 손해배상
을 해 주고 말았을 것이다. 그 대신에 성공하면 몇십억은 받
을 수 있을 테니 해 볼 만한 시도라고 생각했던 게 분명했다.

하지만 그들이 모른 것은, 미국의 법원이 그렇게 물렁하지
않다는 것과 미국의 사건 추적 능력은 한국 경찰의 능력을
훨씬 뛰어넘는다는 것이었다.

"그래서 망하고 도망갔나요?"

"네, 저희가 아는 바로는 그렇습니다."

"어디로 갔는지는 모르시고요?"

"알고 싶지도 않네요."

"어째서요?"

"그 인간들, 교회 여기저기서 돈을 빌려서 도망갔거든요."

'하긴. 한 번 했는데 두 번을 못 하겠어?'

물론 이번에는 큰 금액은 아니었다. 하지만 그들은 소송에
서 지고 모든 재산을 빼앗길 처지에 처하자 현금이란 현금은
다 빼고 또 사람들에게 돈을 빌려서 도망간 것이다.

"그렇군요."

노형진은 혀를 끌끌 찼다. 이런 상황이면 그들이 어디 가
있는지 알아내는 것은 쉬운 일이 아니게 될 테니까.

"혹시 관련 증거 같은 건 없나요? 아니면 어디로 갔는지 알 만한 분이나?"

"한국에 자식도 버리고 온 사람들이라면서요. 그런 놈들이 뭘 남기고 갔겠습니까?"

"그건 그러네요."

고개를 갸웃하던 노형진은 문득 이상하다는 생각이 들었다.

"그런데 왜 소송을 안 하셨습니까?"

"이미 기업에서 다 빼앗았는데요?"

"아니, 그게 아니라, 집기를 모아 둔 임대 창고가 있던데요?"

"임대 창고요?"

"네. 확인 안 하셨습니까?"

"그런 게 있었습니까?"

"네?"

노형진은 어리둥절했고, 목사 역시 당황한 눈치였다.

⚖

"임대 창고를 가명으로 빌린 줄은 몰랐네. 그러니까 기록에 안 남지."

당연하게도 소송을 건 기업과 피해자들은 압류 등의 방법을 써서 피해를 복구하려고 했다.

하지만 돈이 없기 때문에 그게 불가능했다.

이것이 법이다

"그런데 임대 창고라는 게 가명으로도 가능한 거야?"

"미국은 한국처럼 주민등록번호 같은 걸로 일괄적으로 관리하지 않아. 물론 있기는 한데, 무조건 발급되는 게 아니라 신청하면 나오지. 그리고 이런 임대 창고를 가명으로 빌리는 경우는 많아. 돈만 된다고 하면 딱히 신분 확인은 하지 않거든."

노형진은 주소로 등록된 곳에 가면서 말했다.

"그런데 우리가 가서 열어 달라고 하면 열어 줄까?"

"열어 줄 리 없지."

어찌 되었건 사유재산이고 그런 문제에 대해서는 상당히 예민한 것이 미국이다. 한국처럼 경찰이라고 일단 협조하는 게 아니라 일단 영장부터 가지고 오라고 하는 게 현실이다.

"하지만 우리는 영장도 없잖아."

"우리는 영장보다 더 좋은 게 있지."

노형진은 자신 있게 말했다. 그리고 그 좋은 게 뭔지, 오광훈은 얼마 지나지 않아서 알 수 있었다.

⚖️

"이러면 안 되는데, 거참."

입맛을 다시면서 앞장서서 나가는 남자.

그는 곤란한 듯한 얼굴로, 노형진이 따라오는지 슬쩍슬쩍 확인했다.

"저희는 아무것도 안 가지고 간다니까요. 원하시면 몸수색하셔도 됩니다. 카메라도, 특별한 이상이 없는데 열어 보겠습니까?"

"그건 뭐……."

창고를 관리하는 관리인은 입맛을 다셨다.

천 달러나 받고 창고를 여는 것을 모른 척해 주기로 했다.

물론 이게 나중에 문제가 될 수도 있지만 아무것도 안 가지고 간다고 맹세를 하니까 혹해 버린 것이다.

"그건 그런데, 하아. 이거 나중에 내가 열어 줬다고 하지 마요."

"절대 그럴 일 없습니다. 저희가 뭐 훔쳐 가지는 않는지 직접 옆에서 보면 되지 않습니까?"

"내 두 눈 똑바로 뜨고 볼 거요."

농담이 아니라 자리를 피해 줄 것 같지는 않았다.

물론 노형진은 상관없었다.

진짜로 뭔가 가지고 갈 생각은 없었으니까.

"여기입니다. 그런데 아까도 말했다시피……."

"걱정하지 마시라니까요. 여기 좀 열어 주시겠어요?"

노형진의 뒤에 따라오던 사람은 고개를 끄덕거리고는 문 앞에 주저앉아서 자물쇠를 덜그럭거리기 시작했다.

"급한 게 아니니 천천히 해도 됩니다."

보통 문을 여는 방법은 열쇠로 열거나 강제로 절단기로 여는 것이다.

하지만 지금은 어느 방법도 쓸 수가 없다. 열쇠도 없고,

절단기로 열면 나중에 법적인 문제가 생길 수도 있다.

'하지만 열쇠 업자를 데리고 오면 이야기가 좀 달라지지.'

물론 일반적인 경우라면 열쇠 업자가 여기를 올 이유가 없다. 이 문을 타인이 여는 것은 창고 비용을 내지 못해서 창고 회사에서 내용물을 압류해서 파는 경우뿐이니까.

철컥.

"열렸습니다."

기술자가 그렇게 말하면서 뒤로 물러나자, 노형진은 잠겨 있던 셔터를 올리고 안으로 들어갔다.

창고의 직원은 노형진과 오광훈이 뭐 하나라도 빼돌릴까 봐 눈을 크게 뜨고 감시하기 시작했다.

"별건 없는데?"

"어차피 다 버리고 간 놈들이야. 뭐 신경이나 쓰겠어?"

예상처럼 온갖 잡동사니가 있는 것은 아니었다.

"하지만 반대로 말하면 여기에 보관한 것들은 그래도 나름 보관해야 할 만큼 소중한 물건들이라는 거지."

노형진은 그 안으로 들어가며 말했다.

안에 있는 것은 커다란 서랍이었다.

노형진은 그걸 열고 내용물을 보면서 혀를 끌끌 찼다.

"너무 뻔하다고 해야 하나?"

그 안에 있는 물건들. 그건 명품들이었다. 한두 개도 아니고 수십 개의 명품들이 서랍을 가득 채우고 있었다.

"하긴, 아무리 다 버린다고 해도 명품을 버리기는 아깝지."

그렇다고 압류되도록 내버려 두면 중고 이상으로 가격이 떨어진다. 그러니 갚게 되는 돈은 얼마 안 된다.

"돈이 좋아서 돈에 매달리는 인간들이 그 돈을 어디다 쓸까?"

그 돈을 화장실 휴지로 쓰지는 않을 테니 당연하게도 명품이나 사치품에 쓸 게 뻔했다.

"명품뿐인데?"

고개를 갸웃하면서 이리저리 뒤지는 오광훈.

하지만 특정할 수 있는 것은 없었다.

"와, 진짜 개새끼들이기는 하네. 그래도 자기 자식인데 사진이라도 한 장 있어야 하는 거 아니야?"

그런데 이 창고에 있는 것은 오직 명품뿐이었다. 하긴 애초에 버리고 갈 물건들을 여기다 보관하지는 않았을 테니까.

"휘유."

그 안을 처음 본 창고 직원이 잠깐 휘파람을 불었지만 이내 눈을 부라렸다. 그중에 뭐 하나라도 훔쳐 갈까 봐서였다.

아무리 돈이 좋아도 직장이 우선이니까.

"이걸 가지고 어떻게 찾으려고? 딱히 방법이 없는 것 같은데."

어디 채권이나 주소가 있는 것도 아니었다.

있는 거라고는 오직 명품뿐.

"명품이라면 찾을 방법이 있지."

"어떻게?"

"명품이 왜 명품이겠어?"

"모르지."

오광훈은 사실 명품에 관해서 잘 모른다.

노형진은 그런 그를 보고 어이가 없었다.

"너 명품 좀 사 봤다면서?"

"비싸니까 샀지 그 명품의 역사에는 관심 없는데?"

"역사가 아니라……. 끄응. 명품이 명품 취급받는 건 희소성 때문이야."

명품의 질이 좋기는 하다. 하지만 현대에 와서 물건의 질은 상향 평준화되었다. 그래서 과거에는 그 정도 질을 만들어 내기 힘들었을지 몰라도 이제는 어지간하면 쓸 만한 물건을 만들어 내는 게 어려운 일이 아니다.

그럼에도 불구하고 명품이 명품으로 인정받는 이유는…….

"그건 질 이상의 무언가가 있기 때문이지. 특히 이런 명품들은 다 A/S가 가능하거든."

모든 명품에는 넘버가 붙으며 그 번호를 알면 어디서 판매되었는지 추적이 가능하다.

"하지만 그런 걸 쉽게 알려 줄까?"

오광훈은 미심쩍은 얼굴이 되었다.

명품 회사가 바보도 아니고, 영장도 없는 사람이 명품의 넘버를 불러 주면서 주소를 알려 달라고 한들 그걸 알려 줄 리 없다.

그 판매 내역 자체도 결국은 개인 정보이고 중요한 기밀이니까.

"아니, 사실 그럴 필요는 없어."

노형진은 명품들을 뒤지기 시작했다. 특히 완전히 새것으로 보이는 물건들 위주로 확인하던 그는 얼마 지나지 않아서 뭔가를 꺼내 들었다.

"빙고."

"그게 뭐야?"

"품질보증서."

쉽게 말해서 이게 진품이라는 회사의 보증서다.

"정확하게 말하면 판매자가 보증하는 거지만."

그리고 모든 품질보증서에는 주소가 들어간다.

"신분이 확실해야 A/S를 해 줄 수 있으니까."

"아하!"

짝퉁을 가지고 와서 수리해 달라고 할 수도 있는 게 현실이다. 그런데 현실적으로 아주 퀄리티가 높은 짝퉁 중에는 전문가들도 구분하기가 쉽지 않은 놈들도 있다.

"이런 식으로 명품을 사서 모으는 사람들의 목적은 수집이야. 실사용이 아니라."

당연하게도 그걸 사서 들고 다니기보다는 그저 보관하는데 신경 쓴다. 그리고 이 창고는 다른 창고와 다르게 항온 항습이 지원되는 곳이다.

"그런데 이걸 왜 가지고 가지 않은 거야?"

"짐이 너무 많잖아."

"하긴 그러네."

5단 서랍이 네 개나 있고, 그 서랍마다 명품이 몇 개씩 들어 있다.

이걸 가지고 가려고 하면 사람들 눈에 안 띌 수가 없다.

"더군다나 압류가 들어온 상황이야. 도망갔다고 하지만 그 회사에서 자신들을 찾지 못한다는 보장은 없지."

그렇다면 그 집에 있는 모든 것을 빼앗기게 된다.

"이미 한국에서 도망쳐 본 녀석들이야. 내가 말했지, 부자는 망해도 삼대는 간다고?"

즉, 자신들이 걸릴 때를 대비해서 돈이나 돈이 될 만한 다른 것을 감춰 놨을 가능성이 높다.

"여기에 있는 건 다 한정판일걸."

명품 재테크라는 말이 있을 정도로 희귀해진 명품의 경우는 그 가격이 오르기도 한다. 그런 만큼 투자가치도 있다.

"아마 우리가 모르는 어딘가에 현금이나 채권 뭉치도 가지고 있을지 모르지."

"그럴 가능성이 높겠네."

노형진의 말에 오광훈은 고개를 끄덕거렸다.

한 번 해 본 놈이 두 번을 못 하겠는가?

더군다나 가짜 소송을 통해 돈을 뜯어내려고 한 자들이다.

일이 틀어졌다고 생각된 순간 바로 다른 방법을 쓰려고 했을 것이다.

"더군다나 추방 문제도 있으니까."

"추방?"

"그래."

투자 이민을 했다고 해서 바로 시민권이 나오지는 않는다.
투자 이민을 하는 경우 나오는 것은 영주권이다.

그리고 영주권과 시민권은 전혀 다르다.

"시민권은 그 나라의 국민이 되는 거지. 한국으로 치면 한
국에 귀화하는 거야."

"영주권은?"

"그곳에서 영구적으로 머무를 수 있는 권리를 가지는 거
지. 대신에 국적은 여전히 한국이야."

두 개가 비슷해 보이지만 결정적으로 다른 차이는 바로 법
률의 처벌이다.

만일 강력 범죄를 저지르는 경우 시민권자는 법에서 정한
바에 따라 처벌을 받는다. 하지만 그 이후에 다른 나라로 쫓
겨나지는 않는다. 일단 그 나라의 국민이니까.

"하지만 영주권자는 다르지."

처벌은 처벌대로 받고 다른 나라로 추방된다.

"그런데 그들이 그걸 각오하고 사기를 친 건 그만큼의 메
리트가 있었다는 거지."

그건 그럴 것이다. 그들은 징벌적 배상을 노리고 소송을

걸었으니까.

워낙 징벌적 배상의 처벌이 강하다 보니 미국에서는 좀 강력한 범죄는 기본적으로 징벌적 배상을 거는 성향이 있다.

물론 그게 인정받는 건 전혀 다른 이야기지만.

"그게 성공했으면 100억대 이상 벌 수 있다는 거지."

하지만 실패했다.

왜 실패했는지 정확하게는 알 수 없지만 말이다.

"어디 보자."

노형진은 주소를 보면서 씩 웃었다.

전혀 새로운 주소. 그곳이 그들의 새로운 집이었다.

"한번 그들을 만나러 가 보자고."

⚖

"미스터 송 부부 말씀이군요."

그들이 살고 있는 곳은 바로 옆 도시였다.

생각보다 멀리 가지 않았다는 사실에 노형진은 살짝 놀랐지만 이내 이해할 수 있었다.

'등잔 밑이 어둡다 이거지.'

아마도 그 회사에서는 다른 주로 도망갔다고 생각할 것이다.

하지만 도리어 그들은 가까운 곳으로 도망감으로써 회사의 의심 반경을 벗어난 것이다.

    사실 말이 가까운 도시지 미국은 생활 반경 자체가 한국과 완전히 다르다. 가깝다는 것이 서울에서 대구까지의 거리만큼 되니 말이다.

    "미스터 송요?"

    오광훈은 '미스터 송'라는 말에 고개를 갸웃했다.

    "네, 좋은 분들이시지요. 신앙생활도 열심히 하시고요."

    '신앙생활이라…….'

    노형진은 입맛을 다셨다.

    그들이 신앙생활을 열심히 하는 이유는 간단하다.

    그 안에서 새로운 희생자들을 골라내려고 하는 것이다.

    '신분을 사는 거야 어렵지 않은 일이니까.'

    물론 그들이 국제적 업무나 국가의 업무를 하려고 한다면 문제가 되겠지만, 계좌를 개설하고 일상생활을 하려는 것뿐이라면 별로 문제가 되지 않는다.

    "그분들이 혹시 이분들 맞나요?"

    "맞아요. 그런데 왜 그러시지요?"

    이웃 주민은 오광훈이 사진까지 가지고 와서 캐묻자 의심스러운 눈치로 되물었다.

    "어……."

    "아직 수사 중이라 말씀드릴 수 없습니다."

    노형진은 당황해서 말하지 못하는 오광훈을 대신해서 입을 열었다.

"혹시나 해서 드리는 말씀인데, 이 사실을 미스터 송에게 이야기하면 범죄인 도피죄가 될 수도 있습니다."

이웃은 당황한 얼굴로 격하게 고개를 끄덕거렸다.

"아, 알았어요. 조용히 할게요."

"감사합니다."

노형진은 인사하고 고개를 돌려서 집을 바라보았다.

드디어 찾기는 했지만 문제는 그들을 설득하는 것이었다.

"어떻게 할 거야? 여기까지 오기는 했지만 내가 더 이상 뭘 어떻게 해 줄 수 없다는 거 알지?"

오광훈은 검사다. 범죄자 추적을 이유로 여기까지 오기는 했지만 더 이상 끼어들면 그들은 도망간다. 그리고 노형진 입장에서는 그들에게서 골수를 받아야 한다. 그러니 여기서 오광훈이 도와줄 수 있는 일은 이제 없다고 봐야 한다.

"이럴 때는 방법이 없지."

"응? 방법이 없다고?"

"사람이라면 누구에게나 최소한의 양심은 존재한다고 믿어 보자고."

노형진은 커다란 집을 바라보면서 입맛을 다셨다.

⚖

결과적으로 노형진의 작은 희망은 완전히 깨져 버렸다.

"그래서 얼마 줄 건데?"

"네?"

"그래서 얼마 줄 거냐고. 사람 목숨이 달려 있으면 그만한 대가를 치러야 하는 거 아니야?"

시큰둥하게 말하는 채권오를 보면서 노형진은 자신의 귀를 의심할 수밖에 없었다.

"지금 그게 무슨 말씀이십니까?"

"무슨 말이냐니. 세상에 공짜가 어디 있어?"

"아니, 채영신 양은 여러분의 따님입니다."

친딸이 백혈병이다. 유일한 희망이 이 두 사람이다.

그런데 그들은 그다지 관심이 없어 보였다.

"공부도 못하는 그런 쓰레기 같은 년은 딸로 둔 적 없어."

"뭐라고요?"

노형진은 그 말을 들으면서 속으로 이를 박박 갈았다.

'이런 미친 새끼들을 봤나?'

채영신을 버리고 갔지만 그들이 왜 버리고 갔는지 묻지는 않았다. 중요한 건 지금이라도 골수이식을 받아서 그녀를 살리는 거니까.

"채영신 양을 버린 이유가 공부를 못해서라고요?"

"마흔다섯 명 중에서 42등이 무슨 창피야."

"그렇게 멍청하면 우리한테 짐이지, 무슨 미래를 기대해?"

'이런 미친 새끼들.'

그러니까 자신들은 공부를 잘했는데 딸은 공부를 못하니까 자식으로 인정하고 싶지도 않았다는 소리다.

'그걸 지금 말이라고 하는 거야?'

상식적으로 말도 안 되는 개소리다.

부모가 교수에 의사라고 해서 자식이 다 교수에 의사가 되는 것은 아니다. 반대로 부모가 초등학교만 졸업했다고 해서 자식도 초등학교 졸업만 하는 것도 아니고.

그런데 고작 초등학교 5학년짜리를, 공부를 못한다는 이유 하나만으로 그렇게 버리고 갔단 말인가?

'이런 개새끼들.'

마음 같아서는 당장이라도 경찰을 부르고 싶었다.

하지만 그렇게 되면 채영신은 진짜로 죽는다.

당장 하루하루 버티는 것조차 힘든 그녀다.

"얼마나 원하십니까?"

그래도 나름 합당한 금액이라면 노형진은 조영석을 설득해서 줄 생각이었다. 부족하면 새론에서 조금 지원하고 말이다.

어찌 되었건 현재 채영신의 아버지인 조영석은 새론의 사람이고, 직원의 복지비에서 지원해 줘도 되는 일이니까.

하지만 그들이 요구한 금액은 상상을 초월했다.

"못해도 한 3억은 줘야 하지 않겠어?"

"네?"

"아니, 여보! 무슨 말을 그렇게 해? 우리 둘 중에 누가 맞을 줄 알고! 못해도 6억은 받아야지!"

"어, 그렇지! 그래! 내가 말한 3억은 한 명당이야. 무슨 소리인지 알지?"

"그러니까 1인당 3억은 받아야겠다고요?"

"당연하지."

고개를 주억거리면서 당당하게 요구하는 채권오.

그리고 곽숙영은 노형진의 화를 더 돋웠다.

"설사 안 맞는다고 해도 우리가 검사하는 데 들어간 수고가 있으니까 그것도 1억은 받아야겠어요."

그러니까 둘 중 한 명이 맞으면 3억이고, 둘 다 안 맞으면 2억이라는 소리다.

"당신들 미쳤어!"

처음에는 좋게 말하려고 하던 노형진은 결국 소리를 지를 수밖에 없었다.

어지간하면 화를 내지 않고 흥분하지 않는 노형진이다.

하지만 지금 채권오와 곽숙영의 행동은 그런 노형진조차도 용납할 수도, 이해할 수도 없는 행동이었다.

"당신들 딸이라고! 당신들 딸! 당신들이 낳은! 그런데 돈을 달라고? 지금 그걸 말이라고 하는 거야?"

채권오가 노형진 쪽으로 몸을 숙였다.

그리고 아주 빈정거리는 얼굴로 말했다.

"그래서? 내가 도와줘야 한다고? 우리 없이도 잘 먹고 잘

사는 것 같은데?"

"뭐라고?"

"상황을 봐 봐. 우리를 찾기 위해 미국까지 사람을 보냈어. 거기에다 경찰도 못 찾은 우리를 찾았지. 어지간한 돈이 있고 능력 있는 사람들이 아니면 그렇게는 못 하지."

노형진은 입을 쩍 벌렸다.

"보아하니 입양해 간 집안이 좀 빵빵한 것 같은데 말이지."

"하긴, 내가 낳은 딸이라서인지 예쁘게 생겼잖아?"

"그러니까. 그러니 그 정도 돈은 줘야 하지 않겠어?"

"이런 미친 새끼들."

자신의 딸이 부잣집으로 입양된 것 같으니 거기서 돈을 받아야겠다는 소리였다.

"그 사람은 그냥 평범한 사람이야."

지금 여기에 오는 비행깃값도, 여행 경비도 노형진이 다 자비로 낸 것이다.

그래도 사람을 살리는 값보다는 싸다고 생각했기 때문이다.

그런데 그들은 그것만 보고 돈이 될 거라 생각해서 돈을 뜯어내기 위해 작당한 것이 분명했다.

"개소리하지 말라고. 세상에 어떤 놈이 남의 자식을 위해 이렇게 돈을 쓴다는 거야?"

"그러니까 그 정도 돈이 있는 사람이라면 우리도 좀 나눠 먹자고. 우리도 낳은 이상 그 정도 보상은 받아도 되는 거 아냐?"

"미친 새끼들."

노형진은 눈앞에 있는 인간들을 보고 치를 떨었다.

인간이 아닌 악마들 그 자체였다.

"돈이 넘치는 분 같은데, 좋은 게 좋은 거 아니겠습니까?"

히죽 웃는 채권오.

그 모습을 본 노형진은 더 이상 이야기할 가치를 느끼지 못했다.

노형진은 더 이상 이야기하지 않고 바깥으로 나왔다.

그런 그의 뒤로 그들의 목소리가 들려왔다.

"우리는 언제든 이야기할 의사가 있는, 열린 사람들이야. 기다리고 있으니까 언제든 연락하라고, 하하하."

노형진의 귓가에 그들의 웃음이 마치 악마의 웃음처럼 메아리치고 있었다.

악마들의 의문의 1패?

-그 말이 사실입니까?

전화기 너머에서 들려오는 조영석의 목소리는 참담하기 그지없었다.

그래도 부모다. 아무리 버리고 갔다 해도, 목숨이 걸린 상황이니 최소한의 동정은 있을 거라 생각했다.

그러나 그런 건 없었다.

"죄송합니다."

-아닙니다. 도리어 제가 죄송합니다. 저희 때문에 거기까지 가셨는데……

그 또한 노형진이 이 사건을 맡으면 손해를 본다는 것을 모르지는 않았다.

하지만 그렇게 하지 않으면 채영신을 살릴 수 없기에 어쩔 수 없이 부탁한 것이다.

그러나 상황이 이렇게 되어 버리니 도리어 모든 게 짐으로 다가왔다.

─일이 이렇게 될 줄은……. 저희 때문에 정말…… 죄송합니다.

"아닙니다. 여러분 잘못이 아니에요. 이건 악마도 안 할 짓입니다."

악마라고 할지라도 자식은 예뻐할 것이다.

하지만 그들에게 자식은 짐이자 돈을 벌기 위한 도구일 뿐이었다.

─저희는 그 정도 돈을 구할 방법이 없습니다. 그러니 이만 포기하겠습니다.

"아니요. 아직 포기하기는 이릅니다."

노형진은 조영석을 말렸다.

물론 아무리 조영석이 다급하다고 해도 4억이나 되는 돈을 구할 수는 없다.

아무리 새론이라고 해도 그 정도 되는 돈을 그냥 줄 수도 없고 말이다.

"제가 그놈들이 어떻게 해서든 골수를 기증하게 하겠습니다."

─하지만 그게 가능할지…….

"무조건 가능하게 하겠습니다."

노형진은 이를 박박 갈면서 말했다.

"거참, 개새끼들이네."

오광훈은 어이가 없다는 표정으로 말했다.

두 사람은 현재 채권오와 곽숙영의 집 앞에 서 있었다.

물론 자식을 버린 시점에서 개새끼들인 것은 알았지만 설마 이 정도로 개새끼일 줄은 생각도 못 했다.

"어쩔 거야? 그 돈 줄 거야?"

신고한다는 협박은 안 먹힌다.

그들은 언제든 연락하라고 했다.

그 말은, 이쪽에서 신고를 하지 못한다는 걸 안다는 소리다.

"하긴, 신고하는 순간 그들은 어디론가 사라질 테니까."

아니, 설사 잡힌다고 해도 소송을 걸어 가면서 송환을 막을 것이다.

"설사 송환된다고 해도 문제야."

그들이 송환된다고 해서 과연 골수 기증에 동의해 줄까?

"그럴 리 없지."

아무리 범죄자라고 해도, 아무리 가족이라고 해도 골수 기증을 강제할 방법은 없다.

"진짜 방법이 없는 거야? 그냥 확 납치해서 빼내는 건 안 되나."

"이게 무슨 장기이식인 줄 아냐?"

그게 가능할 리 없다.

납치하면 그건 그것대로 문제고, 골수 이식을 시술할 수 있는 장비도 없다.

"그리고 그렇게 하면 저 새끼들이 신고 안 할 것 같아?"

"죽여 버리면…… 아니, 쓥. 네 입장에서는 죽이는 게 좀 그러려나?"

노형진은 고개를 흔들었다.

"저런 새끼들은 마음 같아서는 죽여 버리고 싶지."

"그런데?"

"하지만 내가 생명을 존중해서 못 죽인다기보다는, 재발 때문에 못 죽여. 백혈병은 재발이 생각보다 많은 병 중 하나야."

당연하게도 그때도 골수이식이 필요하다.

만일 한 번 이식받고 죽어 버렸는데 최악의 경우에 재발하면 방법이 없다.

"없던 기증자가 갑자기 짠, 하고 나타날 수 있는 것도 아닐 테고 말이야."

"끄응."

노형진의 말에 오광훈은 입맛을 다셨다.

"악마도 이 정도는 아닐 텐데. 그러면 어쩔 거야? 돈을 주는 수밖에 없잖아?"

"돈을 줘야지."

노형진은 고개를 끄덕거렸다.

그건 이미 확정된 사실이다.

실질적으로 저들에게 돈을 주지 않을 방법은 없다.

"하지만 그 돈을 그들에게서 받아 내야지."

"뭐? 그게 무슨 소리야? 그러니까 저 녀석들에게 줄 돈을 네가 직접 저들에게서 받아 내겠다는 거야?"

"맞아."

"저놈들이 줄 리 없잖아?"

그랬다가는 저놈들이 당연히 안 하겠다고 소리를 빽빽 지를 것이다.

"그들의 돈을 강제로 빼앗을 거야."

오광훈은 흠칫했다.

강제로 빼앗는다는 게 무슨 소리인가 했기 때문이다.

하지만 이내 노형진이 말하는 게 뭔지 알아차렸다.

"은닉된 돈을 말하는구나."

"그래. 너도 봤잖아? 그들이 사는 집은 상당히 고가의 주택이었어."

아무리 교외 쪽이라지만 수영장이 딸린 집이 싸지는 않을 것이다.

물론 한국처럼 비싸지도 않다.

아무래도 미국은 땅이 넓으니까.

그렇다고 해도 여전히 수영장은 부의 상징이다.

"내가 돈을 달라고 하면 당연히 안 주겠지. 도리어 네가 말한 대로 골수 기증을 못 하겠다고 버틸 거야. 하지만 그렇다고 해도 신고하는 건 불가능해."

신고하는 순간 그들은 당연히 골수 기증을 거절할 것이다.

"그러니까 그들이 가진 돈을 빼앗아서 줘야지."

안 봐도 뻔하다. 당장 이 집도 아마 남의 명의일 것이다.

물론 신고하면 그것도 빼앗기겠지만, 빼앗기지 않기 위해 최선을 다해서 노력할 것이다.

"그러니까. 그걸 막아야지."

"무슨 소리인지는 알겠는데, 과연 그들이 돈을 어디다 숨겼을까?"

노형진은 씩 웃었다.

"이제 저 인간들이 알려 줄 거야, 후후후."

⚖

노형진은 채권오와 곽숙영에게 남아 있는 재산을 추적하기 시작했다.

물론 그들이 돈을 현금으로 감춰 놨을 가능성이 제일 높기 때문에 그걸 찾는 게 최우선이었다.

"가장 먼저 노리는 것은 바로 이 명품들이야."

노형진은 창고에 있는 물건들을 떠올리며 말했다.

"그게 얼마나 될지 모르지만 족히 2억 이상은 될 거야."

"물론 그것도 좋은데 말이지. 그걸 훔치는 게 가능할까?"

"가능할 리 없지."

물론 불가능한 것도 아니다.

하지만 이미 노형진과 오광훈은 거기에 한번 찾아간 적이 있다.

그런 만큼 그곳이 털리면 당장 의심의 화살은 두 사람에게 향할 것이다.

"물론 힘으로 털 수도 있겠지. 하지만 그랬다가는 쓸데없는 피해자가 나올 가능성이 높아. 아니, 100% 나오겠지."

그 당시에 그곳을 지키던 경비원이든 다른 경비원이든 그를 제압해야 하는데, 재수 없으면 총격전이 벌어질 수도 있다.

물론 경비원이 총을 가지고 있지 않을 수도 있지만 여기는 미국, 총기 소지가 합법인 나라다.

재수 없게 그쪽이 샷건이라도 들고나오면 이쪽에서 피해자가 발생할 수도 있고 말이다.

"그러니 진짜로 터는 건 안 좋은 생각이야. 하지만 노려지고 있다고 생각하게 하는 거지."

"노려진다고 생각하게 한다고?"

"그래. 누군가가 그 물건들을 노린다고 생각하면 그들은 무슨 수를 쓸 거야."

가령 그 물건들을 옮기거나 하는 식으로 말이다.

"그러면 그걸 보관할 만한 공간은 어디에 있겠어?"

"그러네."

그 정도 물건을 숨기기 위한 공간은 많지 않다.

물론 다른 창고 회사가 없는 건 아니지만, 한번 발각되어서 빼앗길 뻔했는데 다른 창고 회사로 갈 리 없다.

"결국 돈을 가지고 있는 놈들 생각은 뻔하거든."

부정한 돈일수록 은행에 들어가기 힘들다.

그래서 부자들의 집에 들어가면 돈을 쌓아서 만든 침대 같은 것이 있기도 했다.

"하지만 우리가 도둑질을 하지도 않고 어떻게 노려진다고 생각하게 한다는 거지?"

"간단해. 경찰을 통하는 거야, 후후후."

창고지기 노릇을 하는 빌리는 입맛을 다셨다.

"이거 안전한 거 맞지요?"

"걱정하지 마십시오. 빌리 씨는 제대로 일하고 계신 겁니다."

"아니, 그건 그런데."

빌리 코멧은 머리를 긁적거렸다.

자신이 돈에 눈이 멀어서 끌려 들어간 것을 후회하면서 말이다.

"하지만 이게 딱히 빌리 씨에게 손해가 갈 만한 일은 아니지 않나요?"

"그건 그런데요."

노형진이 빌리 코멧에게 이야기한 것은 간단하다.

경찰에 전화해서 의심스럽다는 이야기를 하라는 것이다.

"누군가 압류 딱지를 가지고 왔는데 그걸 법원에 확인해 보니 그런 딱지는 없었다는 거지요."

그러면 빌리가 손해 볼 리 없다.

그는 창고지기로서 정당한 업무를 한 거고 도둑질을 막은 사람이 된다.

"하지만 그 사실은 창고의 주인에게 알려 주게 되어 있습니다만?"

"그래서 이러는 겁니다. 저희는 그들이 움직여야 움직일 수 있거든요."

"끄응……."

빌리 코멧은 입맛을 쩝쩝 다셨다.

확실히 노형진의 말대로라면 자신은 손해 볼 게 없으니까.

"대신에…… 아시지요?"

"그럼요."

노형진은 제법 두툼한 달러 뭉치를 그에게 건넸다.

그러자 그는 전화기를 들어서 경찰에 신고했다.

"경찰이지요? 아, 이상한 게 있어서요. 법원에서 압류 딱지를 가지고 온 사람들이 있는데, 그 압류 딱지가 아무리 봐도 가짜 같아서요."

"이게 뭔 일이야?"

채권오는 오밤중에 창고에 와서 짜증스럽게 짐을 옮기고 있었다.

"도대체 누가?"

"그 변호사일까요?"

"그 변호사가 여기를 어떻게 알아? 설사 안다고 해도 미쳤다고 여기를 털어?"

워낙 주변에 적이 많다 보니 채권오는 상대방을 특정할 수가 없었다.

"아, 짜증 나 죽겠네."

서랍이야 별거 아니지만 그 안에 있는 명품은 별거다.

그 안에는 이제 구할 수 없는 명품이 가득하다.

"빨리 옮겨요."

"서두르고 있잖아."

"아, 좀 깔끔하게 옮겨요."

"씨발, 도대체 어떤 새끼들이야?"

누군가가 가짜 서류를 가지고 여기를 오픈하려고 했고, 이상하게 생각한 창고지기가 경찰에 연락을 하자 도망갔다.

간단하면서도 별거 아닌 사건이다.

사실 경찰도 단순 절도 미수이고 사건이 크게 진행된 게 아니기 때문에 그다지 신경 쓰지 않았다.

문제는 법률적 과정이라는 게 있다는 거다.

신고가 들어간 이상 경찰은 이 창고를 임대한 사람을 소환해서 조사해야 한다.

아무리 가명으로 숨어 있다고 하지만 이들은 경찰에 사기미수로 고소된 상황.

경찰서에서까지 가짜 신분을 쓸 수는 없다.

당연하게도 그들은 소환에 불응하고 서둘러서 피난을 가야 했다.

"아! 좀! 잘하라고요! 기스 나잖아요! 이게 얼마짜리인지나 알아요?"

"그만 좀 하자! 뭔 놈의 가방에 그렇게 매달려!"

"아니, 그게 뭐 어때서요?"

"씨발, 그 돈으로 차라리 금을 사 두든지."

"금이 명품처럼 가격이 많이 올라요?"

"끄응……."

곽숙영의 말에 채권오는 아무런 말도 못 했다.

실제로 금보다는 이런 한정 명품이 가격이 더 오르기 때문이다.

그리고 금에는 세금이 붙지만 명품 중고 거래에는 세금이 붙지 않는다.

"그리고 명품처럼 유통이 쉬운 게 어디에 있다고요."

"그건…… 그렇지."

금으로 사 두고 싶어도, 금을 사거나 팔기 위해서는 신분은 필수다.

만일 신분을 속이고 거래하려면 어마어마한 수수료를 물어야 하는데 그러면 손해가 커진다.

그에 반해 명품은 상대방의 신분을 묻지 않는다. 그저 확실히 진품이기만 하면 상관없다.

다른 예술품이나 금이나 채권에 비해 현금화도 쉽고 말이다. 그래서 이들이 선택한 것이 바로 명품 재테크였다.

"빨리 가지고 와!"

짜증스럽게 말하는 채권오.

그는 안전을 이유로 창고 임대계약을 해약하고 짐을 모조리 빼는 중이었다.

그러나 빌리는 별말 하지 않았다.

스스로 생각해도 그게 정상이었으니까.

더군다나 그는 도둑을 잘 막았다면서 운영자에게서 돈을 받았다.

그랬기에 빌리는 아무래도 좋았다.

"어서 출발해! 어서!"

그들은 서둘러서 자신들의 집으로 향했다.

그러나 집에 도착했을 때 그들은 집 앞에 있는 경찰차들을 보고 우뚝 멈춰 설 수밖에 없었다.

"씨발, 저거 뭐야?"

집 주변을 어슬렁거리면서 돌아다니는 경찰들.

딱히 뭔 일이 터진 건 아닌 듯하지만 채권오에게는 그 경찰의 존재 자체가 상당히 부담스러울 수밖에 없었다.

"혹시 무슨 일인지 아세요?"

곽숙영은 근처에 있는 이웃 주민에게 슬쩍 질문을 던졌다.

질문을 받은 이웃 주민은 대수롭지 않게 어깨를 으쓱했다.

"이곳 어디에서 현상범이 발견되었다고 제보가 들어왔대요. 그래서 경찰들이 이 주변을 수색하고 있다고 하더라고요. 현상범이라니. 세상이 흉흉해서 어떻게 살겠어요?"

"맞다니까요. 세상에, 여기가 부촌이고 치안이 좋아서 들어왔는데 현상범이 들어올 정도면 너무 위험한 거 아닌가?"

"빨리 잡혀야 할 텐데."

그 말을 들으면서 채권오는 등골이 오싹했다.

'누군가 우리를 찔렀다?'

물론 그랬으니 경찰이 돌아다닐 것이다.

"여보! 어떻게 해요! 그 미친 변호사가 찌른 거라니까요!"

"아니라고, 이 여편네야! 그랬으면 저 사람들이 우리 집으로 바로 들어갔지!"

"아!"

하지만 경찰은 그러지 않고 그저 주변을 둘러보면서 주민들에게 질문을 던지고 있었다.

"젠장, 현상금 사냥꾼이라도 붙은 건가?"

그때 채권오의 옆으로 경찰차 한 대가 스윽 지나갔다.

채권오는 이를 악물며 슬쩍 고개를 돌렸다.

"일단 다른 곳으로 가자."

경찰은 핸드폰으로 사진을 보여 주면서 계속 질문을 던지고 있었다.

'우리 사진일 거야.'

다행히 대부분의 사람들은 그 사진을 바라보면서 고개를 젓고 있었다.

그건 즉, 채권오와 곽숙영의 얼굴을 몰라본다는 소리다.

"일단 이곳을 떠나자."

"네? 하지만 여보!"

"어차피 저 집에 있는 건 포기해도 되는 것들이야!"

이런 상황을 대비하지 않은 게 아니다.

당연히 거기에 있는 물건들은 모두 만일에 대비해서, 두고 가도 상관없는 것들이었다.

"다른 곳에서 제대로 하면 된다고. 일단 여기를 떠나서 로스앤젤레스로 가자고."

이것이 힘이다

"로스앤젤레스요?"

"거기에 한인들이 많다잖아. 상황을 보아하니 더 이상 크게 하기는 힘들 것 같고, 한 방에 해 먹으려면 우리가 접근하기 쉬운 쪽으로 가야지."

"아이고, 아까워서 어떡해."

"아깝다고 평생 감옥에 갈 거야?"

그들은 경찰의 눈치를 보면서 슬슬 그곳을 벗어나서 교외 쪽으로 빠져나가기 시작했다.

한편 오광훈과 함께 근처에서 상황을 지켜보던 노형진은 그들의 행동을 보고 피식 웃었다.

"도둑이 제 발 저린다니까."

"진짜 도망가네? 이제 어떻게 할까?"

"당연히 돈이 있는 곳으로 가겠지."

상황상 그들은 이 도시에서 경찰의 추적에 걸렸다.

그렇다면 남은 것은 단 하나, 돈이 되는 걸 들고 이곳을 떠나는 수밖에 없다.

"그리고 그들이 떠날 때 당연히 돈이 있는 곳을 거쳐서 갈 거야."

도피 자금을 꺼내야 할 테니까.

"그나저나 저 인간들, 여기에 있는 경찰이 다 가짜라는 사실을 알면 속 터지겠지?"

"큭큭큭."

사실 여기에 있는 경찰은 다 가짜다.

전문 배우들을 동원하고 유니폼과 장비를 빌려서 벌인 연극.

당연히 여기서 찾고 있는 사람은 그들이 아니다.

그들은 미국의 유명한 코미디언 사진을 보여 주면서 일종의 몰래카메라를 한다고 설명 중이었던 것이다.

하지만 정작 그걸 모르는 채권오와 곽숙영은 공포에 떨 수밖에 없었으리라.

"아마 지금쯤 열심히 돈을 은닉한 장소로 달려가고 있을 거야."

"그러면 거기에서 덮치자 이거지?"

"아니. 그러면 안 되지."

그랬다가는 노형진이 의심받는다.

지금도 충분히 위험한 상황이다. 노형진이 왔다 간 후에 경찰이 나타났으니까.

"애초에 우리 목적은 돈이 아니라 그들이 골수를 기증하게 만드는 거야. 그러니까 돈은 부차적인 문제야."

"하지만 저들이 돈을 가지고 도망가면 그것도 힘들어지잖아?"

"힘들지. 그러니까 저쪽에서 연락이 오게 할 거야."

"뭐? 어떻게?"

"너 혹시 영화 〈하드맥스〉 좋아하냐?"

"응?"

노형진의 말에 오광훈은 고개를 갸웃할 수밖에 없었다.

⚖

"씨발! 씨발!"

채권오는 돈과 기타 물건을 싣고 도로를 달려가고 있었다.

재수가 없으려니 너무 재수가 없었다.

"돈 아까워서 어떡해."

"돈이 문제야? 거기서 한탕 크게 할 수 있었는데."

거기에 사는 한인들을 대상으로 살살 구슬려서 투자를 조건으로 돈을 받기로 한 상태였다.

그런데 뜬금없이 경찰이 나타나는 바람에 모든 게 다 틀어졌다.

"너무 가까이 있었나 봐요."

"방법이 없지. 일단 로스앤젤레스로 가자고. 거기는 주가 아예 다르니까 추적하지는 못할 거야."

미국은 주별로 법이 다르다. 그렇다 보니 당연하게도 주별로 경찰도 다르다. 국가직이 아니라 지방직 공무원인 셈이다.

그래서 어지간히 특수한 범죄가 아니면 범죄 기록을 공유하지 않는다.

"일단 로스앤젤레스에서 한탕 크게 하고 당분간은 알래스카 쪽으로 가서 좀 쉬자고. 설마 거기까지 의심하지는 않겠지."

"그나저나 신분은 어떻게 해요?"

"적당한 신분 거래 업자를 찾았어. 돈만 제대로 주면 새 신분을 구하는 건 어렵지 않아."

그들은 그렇게 말하면서 광활한 대지를 달렸다.

그러던 어느 순간.

저 멀리 뒤쪽에서 세 대의 차량이 달려오는 게 보였다.

"뭐지?"

흙먼지를 일으키면서 달려오는 차량. 어마어마한 과속이었다.

하긴 당연하다.

여기는 아무것도 없다. 사람도 차도 집도 없다.

그저 광활한 대지 위에 도로만 있을 뿐이다.

그러니 스피드광들이 저러는 건 종종 있는 일이었다.

"옆으로 비켜야 하나."

저쪽은 미친 듯한 속도로 달려오는 데 반해 채권오는 혹시나 숨어 있는 경찰이나 보안관에게 잡힐까 봐 정속 주행을 하고 있으니 당연히 그들에게 따라잡히는 건 순식간이었다.

"옆으로 비켜 줘요."

"알아! 안다고!"

짜증을 내면서 옆으로 비키려고 하는 그 순간 갑자기 허공에서 총소리가 울렸다.

탕!

채권오는 기겁을 하면서 옆을 바라봤다.

그러자 두건을 쓴 사내들이 자신들에게 총을 겨누며 웃고 있는 게 보였다.

"이런 씨발!"

하필이면 이런 상황에서 노상강도라니. 그는 울고 싶었다.

하지만 멈출 수는 없었다.

멈추면 무슨 일이 벌어질지 아니까.

그러나 그의 노력은 그다지 의미가 없었다.

쾅.

앞으로 나간 한 대의 차량이 앞을 가로막으면서 브레이크를 밟은 것이다.

상대방은 미국 특유의 힘 좋은 트럭인데 이쪽은 평범한 세단이다.

당연히 그 무게와 저항 때문에 느려질 수밖에 없었고, 그 사이 옆에 붙은 두 대의 차량이 운전석과 조수석에 샷건을 들이댔다.

"여…… 여보!"

"안 돼……. 멈출 수는…….

하지만 멈추지 않을 수가 없었다.

멈추지 않으면 머리가 날아갈 테니까.

와장창!

창문이 깨지고 좀 더 가까워지는 샷건.

결국 채권오는 어쩔 수 없이 차를 멈췄고 그제야 차들이 멀어져 갔다.

물론 정면에서 자신들을 노리고 있는 샷건은 거두어지지 않았다.

"제…… 제발 살려 주세요."

"살려…… 살려 주십시오."

"있는 거 다 내놔!"

강도들은 총을 들이밀면서 그들을 끌어냈고, 그들의 옷을 뒤져서 동전 하나까지 다 털어 가기 시작했다.

"휘유! 대장, 이거 봐요!"

그리고 마침내 뒷좌석에 실린 명품들을 발견했다.

어마어마한 양에 강도들은 혀를 내둘렀다.

"아…… 안 돼!"

"'안 돼'는 무슨! 야, 현실 좀 알려 줘라."

피식 웃으면서 한 사람이 말하자 다른 강도가 곽숙영의 얼굴을 후려쳤다.

그러자 그녀의 이빨이 허공을 날아가 사막 위로 떨어졌다.

"요즘은 안 된다고 하면 강도가 알겠다고 물러나냐?"

"야, 트렁크 열어 봐! 트렁크!"

대장으로 보이는 자의 말에 강도들이 트렁크를 열었다.

"아……!"

채권오는 안 된다고 소리를 지르고 싶었다.

하지만 곽숙영이 당한 꼴을 보니 차마 말이 나오지 않았다.

"이야, 이게 다 얼마야?"

가방마다 가득 들어 있는 지폐를 보고 눈이 돌아간 강도들.

"이거 당장 다 우리 차로 옮겨. 이제 이런 생활 끝이다!"

"우와!"

부하들은 돈이 되는 모든 걸 다 거기로 옮겼다.

"거기, 입고 있는 옷도 상당히 좋아 보이는데 벗지 그래?"

"네?"

"총알구멍 나면 못 팔잖아."

"살려 주세요……. 제발 살려 주세요……."

채권오와 곽숙영은 강도들에게 매달렸다.

돈이 문제가 아니라 목숨이 문제라는 걸 이제야 알아차린 것이다.

"개소리하지 말고 벗어."

강제로 명품 옷까지 벗긴 대장.

"어, 대장. 차에 기름 없는데 어떻게 하지요?"

"흐음."

대장은 잠깐 고민하다가 슬쩍 채권오의 차를 바라보았다.

"여기서 기름 빼라. 우리도 간당간당하니까."

"네, 대장."

"그러면 우리는……."

"어차피 어디 가지도 못하잖아?"

차가운 목소리. 그 목소리에 채권오와 곽숙영은 아무런 말
도 못 했다.

"기름 다 뺐어요, 대장."

"그러면 마지막 인사를 하라고."

"제발…… 제발 살려 주세요."

채권오와 곽숙영은 벌벌 떨면서 빌었다.

여기서 이렇게 죽고 싶지 않았다.

돈을 벌기 위해 지독한 짓을 한 대가라는 생각이 잠깐 들
기도 했다.

그들의 머릿속에 있는 건 오로지 살고 싶다는 생각뿐이었다.

"기도나 하라."

채권오의 뒤통수에서 느껴지는 차가운 강철의 느낌.

"으흑흑."

채권오는 눈물을 흘렸지만 방법이 없었다.

"잘 가라."

그 순간 들리는 '빵!' 하는 소리.

"으악!"

채권오와 곽숙영은 비명을 질렀다.

그런데 이상하게 아픔도 없고 죽었다는 느낌도 없었다.

"어?"

그가 눈을 떴을 때 보인 것은 배를 잡고 웃는 강도들이었다.

그들의 손에는 김이 나는 총구가 있었지만 방향은 하늘로

향해 있었다.

"운 좋은 줄 알아, 이 새끼들아. 우리 대장이 사람은 죽이지 않는다는 주의니까."

"그런……."

"물론 직접 손쓰지 않는다는 의미지만."

그들은 자신들의 차로 갔다. 그리고 두 사람을 향해 가운뎃손가락을 세워 보이며 멀어져 갔다.

"재주껏 나가 봐, 원숭이들아! 으하하!"

뒤에 남은 채권오와 곽숙영은 멍하니 강도들이 사라진 방향만 바라볼 뿐이었다.

⚖️

마침내 두 사람이 보이지 않게 되었을 때 강도 중 한 명이 마스크를 벗었다.

"본업으로 돌아온 기분이네."

곽숙영의 얼굴을 후려쳐서 이빨을 날려 버린 사람은 다름 아닌 오광훈이었다.

"와, 진짜 속이 다 시원하네."

키득거리는 오광훈 옆에 앉아 있는 강도 역시 마스크를 벗었다. 시커먼 마스크 아래로 노형진의 얼굴이 드러났다.

"그나저나 이게 다 얼마야?"

"글쎄다. 가방에 담겨 있어서 모르겠지만 못해도 수십억은 되겠는데?"

"이 새끼들은 도대체 어디서 이런 건지 모르겠네."

보아하니 미국에 와서도 전국을 돌면서 사기를 쳤을 가능성이 높아 보였다.

한국에서 친 사기도 금액이 컸지만 그보다도 훨씬 많은 돈이었으니까.

"그나저나 이러니까 속이 시원하기는 한데, 저 새끼들이 과연 이런다고 골수 기증을 할까?"

노형진은 피식 웃었다.

"할 수밖에 없지."

"어째서?"

"이제 돈이 없잖아."

사기를 치고 싶어도 돈이 있어야 한다.

돈이 있는 사람에게 다가가기 위해서는 자신을 꾸며야 하니까.

"하지만 명품도 옷도 다 빼앗긴 놈들이 뭘 하겠어?"

"아하!"

당연하게도 자신을 제대로 꾸미지도 못하는 사람에게는 누구도 신경을 쓰지 않는다.

"내가 왜 옷까지 다 빼앗았는데. 그런 일 당했다고 그들이 경찰에 신고하겠어?"

그건 불가능하다.

이미 그들은 경찰의 추적을 받고 있으니까.

더군다나 그들의 죄는 족히 10년 이상은 감옥에 가야 하는 강력 범죄다.

감춰진 죄가 더 있다면 당연히 그 죄만큼 늘어날 테고 말이다.

"그러면 돈이 나올 구멍은 하나뿐이잖아?"

최후의 보루.

"자기 몸뚱이뿐이지, 후후후."

⚖

채권오는 사막을 터벅터벅 걸어가고 있었다.

핸드폰은커녕 옷 한 벌 없는 그들은 작열하는 태양에 미친 듯이 고통 받고 있었지만 그걸 해결할 방법이 없었다.

그나마 있는 기름으로 어떻게 해서든 달려 봤지만 얼마나 기름을 긁어 갔는지 채 3킬로미터도 가기 전에 차량은 멈춰 버렸다.

"우리 이제 어떡해요, 여보? 우리 이제 어떻게 해?"

"그 입 좀 닥쳐!"

채권오는 징징거리는 곽숙영에게 소리를 버럭 질렀다.

"씨발! 내가 이렇게 될 줄 알았어? 알았느냐고!"

물론 그는 몰랐을 것이다.

하지만 노형진은 알고 있었다.

그는 신분상의 문제가 있다.

당연히 비행기 같은 건 못 탄다.

그렇다고 버스를 타고 가자니, 사람들의 눈도 있는데 그 많은 돈을 가지고 다닐 수는 없다.

그래서 그들이 선택할 수 있는 카드는 오로지 자가용뿐이었던 것인데, 노형진은 그 사실을 잘 알기에 이 모든 계획을 짠 것이다.

"젠장…… 젠장."

채권오는 이를 박박 갈면서 길을 가다가 길옆에 있는 뭔가를 발견했다.

"비상 전화!"

미국의 도로는 어마어마하게 길다.

당연하게도 모든 곳에 다 주유소가 있거나 수리소가 있는 게 아니다.

그렇다고 한국처럼 전화 한 통이면 어디든 보험회사 차량이 오는 것도 아니다.

특히나 사막에서 차량이 고장 난 경우 차량으로도 일주일씩 걸리는 곳이라서 까딱 잘못하면 그대로 탈수로 죽을 수도 있기 때문에 법적으로 일정 거리마다 비상 전화를 두도록 되어 있다.

이것이 법이다

애초에 노형진이 그 위치에서 강도 짓을 한 이유도 그거다.

적당한 거리에 비상 전화가 있으니까.

노형진은 그들을 죽이려고 하는 게 아니었으니까.

"당장 경찰에 신고해요! 당장요!"

"이 여편네가 미쳤나! 강도질당한 것도 모자라서 감옥에서 평생 썩고 싶어? 아니, 그 강도를 잡는다고 해서 그 돈이 우리 돈이 될 것 같아?"

그건 불가능하다.

잡히는 순간 그 돈은 다른 사람들이 다 가지고 갈 수밖에 없다.

"그러면 어떻게 해요! 우리 그러면 어떻게 해!"

털썩 주저앉아서 비명을 지르는 곽숙영.

채권오는 그걸 보고 이를 악물었다.

"우리가 돈을 뜯어낼 수 있는 곳이 한 곳 있으니 걱정하지 마."

그는 이를 악물며 비상 전화를 들었다.

⚖

"소식을 듣고 놀랐습니다."

노형진은 뒷좌석에 탄 채권오와 곽숙영을 보면서 말했다.

하지만 그들은 아무 말도 하지 않았다.

아니, 말할 수가 없었다.

그들은 노형진이 가지고 온 옷을 입고 뒷좌석에서 창밖만 바라볼 뿐이었다.

"강도를 당하셨다고요? 경찰은 뭐라고 합니까?"

노형진은 마치 모르는 척 그들에게 물었다.

"입 좀 닥치지."

채권오는 짜증스럽게 말했다.

안 그래도 심란해 죽겠는데 경찰을 찾는 노형진의 말에 짜증이 난 것이다.

"네."

노형진은 더 이상 아무 말도 하지 않았다.

그저 조용히 앞을 바라보면서 운전을 할 뿐이었다.

잠깐의 침묵이 흘렀지만, 그 침묵은 오래가지 않았다.

"그 돈, 언제 줄 수 있어?"

"네?"

"우리가 골수 기증하면 말이야. 그 돈 언제 줄 수 있느냐고!"

"그건 아직 결정된 게 아니라서……."

"빨리 결정해. 이번 주 안으로 결정하지 않으면 우리는 안 할 테니까."

물론 그들은 갑질을 한다고 한 거지만 노형진은 코웃음이 났다.

'웃기고 있네.'

그들은 지금 단 한 푼도 없다.

계좌라도 있으면 모를까, 그들은 계좌도 없다.

그러니 이제 돈이 없는 걸 아는데 그들은 마치 여유로운 듯 말하고 있었다.

"최대한 설득하고 있습니다."

"설득이 필요한 게 아닙니다. 당장 결정하든가! 아니면 죽게 냅 두든가 하세요!"

"알겠습니다."

노형진은 마치 어쩔 수 없다는 듯 말했지만 속으로는 미소를 지었다.

채영신을 설득하는 건 어렵지 않았다.

아무리 그녀가 채권오와 곽숙영을 미워한다고 해도 죽기 싫은 건 사실이니까.

더군다나 그들의 신분을 감추고 익명의 기부자로 처리한 것은 어렵지 않은 일이었다.

미국까지 와서 골수이식 수술을 해야 한다는 게 문제이기는 했지만 말이다.

"노 변호사님! 감사합니다!"

조영석은 비행기에서 내리자마자 노형진에게 다가와서 두 손을 꽉 잡았다.

"덕분에 제 딸이 살 수 있게 되었습니다! 감사합니다! 진짜로 감사합니다!"

"감사 인사는 나중에 받기로 하지요. 따님에게는 잘 말씀해 두셨나요?"

"네, 미국에 기증자가 있다고 이야기했습니다."

물론 딸은 그걸 이상하게 생각하지 않았다.

미국은 다민족국가이고 한국인들 역시 어마어마하게 많이 살고 있으니까.

"그런데 혹시나……."

"채권오와 곽숙영이 따님을 만날 생각이 있냐고요? 그럴 리가요."

그들에게 필요한 것은 오로지 돈뿐이었다.

그들은 채영신에게는 한 줌의 관심도 없었다.

심지어 그들은 모든 돈을 선금으로 주기를 요구했다.

다행히 곽숙영의 유전자가 맞았기 때문에 노형진은 그들에게 선금을 줬다.

'물론 자기네 돈이지만.'

그것뿐만 아니라 조영석과 채영신이 퍼스트 클래스로 미국까지 오는 비용, 체류비, 심지어 병원비까지 모두 채권오와 곽숙영의 돈이었다.

물론 그들은 그 사실을 모르고 있지만 말이다.

"혹시 몰라서 병원도 따로 지정했습니다."

그러니 그들이 만나서 이야기를 나누거나 할 일은 없다.

사실 만나 봐야 좋을 건 없다.

도리어 채영신의 기분만 자극하고 도리어 병을 심하게 할 뿐이다.

병이라는 것은 결국 스트레스에 관련된 부분도 있으니까.

"그러니까 걱정하지 않으셔도 됩니다."

"감사합니다. 감사합니다."

조영석은 노형진의 손을 잡고 눈물을 흘렸다.

가슴으로 낳은 딸을 잃어버릴 뻔했는데 노형진 덕분에 살릴 수 있게 되었으니까.

"여기서 이러지 마세요. 미국은 앰블런스도 유료입니다. 기다리면 돈만 더 나옵니다. 하하하."

"아…… 그랬지요. 알겠습니다. 네, 감사합니다."

다급하게 바깥으로 나가는 조영석. 그리고 그가 멀어지자 좀 떨어진 곳에 있던 오광훈이 다가왔다.

노형진은 그런 오광훈에게 뭔가를 던졌다.

오광훈은 그걸 다급하게 받아 들었다.

"이건 뭔데?"

"채권오와 곽숙영이 있는 병원 주소."

"응?"

오광훈은 그걸 다급하게 열었다.

거기에는 병원 이름과 주소 그리고 거기에 호실까지 적혀 있었다.

"골수를 뺀 후에는 도망갈 게 뻔하잖아."

"당연히 그러겠지."

그러니 그 전에 잡아야 한다.

물론 골수를 빼고 채영신이 제대로 치료받는 것을 조건으로 해야 하겠지만 말이다.

"하지만 이러면 나중에 문제가 되지 않아?"

"응?"

"네가 말했잖아, 체포되면 절대 기증하지 않을 거라고. 나중에 재발하면 어쩌려고?"

"그렇지, 보통은. 하지만 나중에는 상황이 좀 바뀔 거야."

"무슨 소리야? 상황이 좀 바뀌다니?"

"주범이 누구라고 생각해?"

"주범?"

오광훈은 고개를 갸웃했다.

백혈병 골수이식에서 갑자기 주범 문제가 나왔으니까.

"글쎄? 그게 상관이 있나?"

"아주 있지. 이번 사건, 아니 전반적으로 사건의 주범은 채권오야."

언제나 채권오가 나서서 뭔가를 꾸몄고, 곽숙영은 그 뒤를 따라가는 형태였다.

둘 다 악마 같은 놈들이지만 리더는 채권오였다.

"현행법상 주범이 더 많은 처벌을 받게 되어 있지. 그리고 곽숙영은 종범이고."

"그런데?"

"그 말은, 곽숙영이 먼저 나온다는 거지."

그런데 곽숙영은 돈이 하나도 없다.

돈을 갚을 방법도 없다.

당연하게도 그녀가 세상에 나와도 살아갈 수 있는 방법이 없다.

"그리고 골수가 맞는 사람은 곽숙영이지."

"설마?"

"맞아. 현금으로 돈을 준다고 하면 곽숙영이 안 할까?"

만일 주범인 채권오라고 하면 곤란해지겠지만 종범인 곽숙영이 유전자가 맞으니까 그녀에게 골수 기증을 받으면 된다.

"그리고 곽숙영이 그렇게 받은 돈을 과연 채권오와 나누려고 할까?"

그녀보다 못해도 5년은 더 감옥에서 썩어야 하는 인간이다.

그런데 골수 기증한 돈을 그와 나누려고 할까?

아니면 혼자서 먹으려고 할까?

그건 이미 답이 나와 있었다.

"이제는 잡아도 된다는 거지. 도리어 잡아야지, 어디 도망 못 가게. 나중에 채영신이 재발하는 최악의 상황이 와도 언제든지 골수를 받을 수 있게 말이야."

"와, 이런 미친…… 악마가 울고 가겠다."

그러니까 노형진은 곽숙영을 골수 기증용으로 좋게 말하면 보호, 나쁘게 말하면 사육하겠다는 소리였다.

"뭐 가끔은 말이지, 악마가 인간에게 이기지 못할 것 같기는 해."

노형진은 어깨를 으쓱하며 말했다.

"악마들의 의문의 1패라는 거지."

물론 악마들이 치를 떨지는 모르지만 말이다.

소돔과 고모라

　노형진은 채영신을 찾아가서 병문안을 했다.

　공식적으로 채영신에게 맞는 골수 기증자를 찾아 준 것도
새론이었고 그 수술비와 항공료 체류비까지 지원한 것도 새
론이었기에, 채영신은 노형진의 손을 잡고 눈물을 흘렸다.

　"건강하게 다 나아서 나오시면 됩니다."

　노형진은 그런 그녀를 다독거린 뒤 병실에서 나왔다.

　오광훈이 그런 노형진에게 다가오면서 히죽 웃었다.

　"어떻게 되었냐?"

　"일단 정식으로 인터폴에 넘어갔다. 아마 며칠 내로 잡혀
갈 거야."

　"일은 편하게 되었네."

아마 그들은 이제 다시는 재기하지 못할 것이다.

인터폴에 들어간 이상 FBI가 사건을 담당하게 될 텐데, 주별로 숨겨진 다른 죄들을 찾아낼 테니까.

"다행히 자세한 건 모르는 것 같지?"

"모르는 것 같기는 한데, 좀 맘이 편하지는 않네."

어찌 되었건 사람을 속인 거니까.

"좋게 생각해. 이건 그 사람이 기분 나쁠 수도 있지만, 그래도 사람을 살린 거잖아."

"그건 그렇지만."

노형진은 입맛을 다시면서 몸을 돌렸다.

"일단 나중에 때를 봐서 다시 이야기해 봐야지. 평생을 모르고 넘어가는 건 아닌 것 같긴 하니."

물론 그건 백혈병이 완치되었을 때의 이야기다.

"자기를 버린 부모들이 처벌받았다는 것을 알면 속이 시원할 거야."

"그건 모를 일이지."

노형진은 어깨를 으쓱하면서 병원에서 나왔다.

모든 일이 끝났으니 이제는 한국으로 돌아갈 차례였다.

"넌?"

"난 여기서 추적 중인 다른 놈들도 좀 찾아보련다."

"아, 그때 그놈들?"

"그래. 네가 알려 준 방법으로 대충 추적도 했고."

다행히 다른 사람들은 채권오처럼 꼭꼭 숨어 있지는 않았다.

몰래 숨어 있지 않으니 어렵지 않게 찾을 수 있었다.

"그러면 나만 한국으로 돌아가면 되나? 아스가르드 미국 비행 일정이 어떻게 되던가?"

노형진이 어떻게 돌아갈지 생각하는 그때, 누군가가 그에게 다가와 말을 걸었다.

"실례합니다."

"누구십니까?"

노형진이 고개를 돌려보니 금백의 백인 여성이 자신을 바라보고 있었다.

"저기, 아까 들어 보니 변호사님이신 것 같은데, 혹시 법률 상담이 가능하실까요?"

"네? 법률 상담요?"

"네, 그게…… 돈은 많이 못 드립니다만……."

우물쭈물 말하는 그녀를 보면서 노형진은 혀를 끌끌 찼다.

'문제가 있나 보네.'

미국의 변호사비는 어마어마하게 비싸다.

당연히 그 상담비 역시 일반 서민들이 내기에는 쉽지 않다.

하지만 다급하면 어쩔 수 없는 것이 현실이다.

보아하니 이 여자는 법률적 문제가 생겨서 그걸 해결할 방법이 없나 고민하는 모양이었다.

"죄송한데 제가 변호사이기는 하지만 여기 변호사가 아닙니다. 한국이라는 나라의 변호사입니다. 저 사람들은 제 지인들이라서 변호사라고 부른 거고요."

"아……."

여자는 입술을 깨물었다.

"죄송합니다. 제가 다급해서 그만……."

"하지만 어느 정도 조언은 해 드릴 수 있을 겁니다."

"조언요?"

"미국 변호사 시험을 준비 중이거든요."

물론 거짓말이다.

이미 합격했던 시험이고, 딱히 다시 미국에서 변호사 자격을 딸 생각은 없었다.

'이참에 한번 따 봐?'

하지만 이내 노형진은 고개를 흔들었다.

미국에서 로스쿨을 다니려면 3년을 그냥 버려야 하는데 그럴 필요까지는 없었으니까.

"아, 저……."

공부하고 있는 사람이라고 하니 약간은 불안한 표정이 되는 여자. 노형진은 그런 그녀를 다독였다.

"물론 저는 정식 변호사가 아니니까 다 믿으시면 안 됩니다. 하지만 공짜지요."

"공짜……."

여자는 입술을 깨물었다.

확실히 공짜라는 말은 미국에서는 상당히 예민한 문제였다. 워낙 돈이 많이 드는 나라니까.

"뭐가 문제인지 알 수 있을까요?"

그녀는 잠깐 고민하다가 결국 입을 열었다.

어차피 공짜니까.

만일 노형진이 가능성이 없다고 하면 포기하면 그만이고, 가능성이 있다고 하면 그때 가서 제대로 된 변호사를 찾아볼 생각이었다.

"그러고 보니 제 소개를 못 했네요. 전 주디 윌리엄스라고 합니다. 여기 병원에 저희 아버지가 입원해 계시고요."

"혹시 의료 소송 관련인가요?"

그런 거라면 노형진이 설명해 줄 수는 있지만 이기기는 힘들다. 워낙 그쪽은 악착같이 돈을 뜯어먹는 걸로 유명하니까.

"아니요. 그건 아니에요."

"그래요?"

노형진은 잠깐 고민을 했다.

그리고 그녀를 보다가 몇 가지 질문을 던졌다.

"그러면 큰일 같네요. 집안이 여유가 있으신 것 같은데 정식 변호사를 선임하지 않고 다급하게 물어보려고 하시는 걸 보면 비밀리에 처리해야 하는 일인 것 같고요."

순간 주디 윌리엄스의 눈꼬리가 휙 치켜올라 갔다.

그녀는 그저 이름을 말했을 뿐이다. 그런데 노형진은 그녀에 대해 한번에 파악했다.

"어떻게……?"

"일단 아버지가 입원해 계시니까요."

미국의 입원비는 어마어마하다.

당연하게도 그 돈을 낼 방법은 보험뿐이다.

어지간한 부자도 보험 없이 병에 걸리면 파산하는 게 미국이니까.

"그런데 복장을 보면 일하는 복장은 아니시거든요."

미국은 가족이 옆에서 병간호하는 문화가 아니다.

그러니 잠깐 병문안을 왔다고 봐야 하는데 그녀의 복장은 외부에서 일하는 복장은 아니다. 집에 있다가 간단하게 나온 복장에 가깝다.

"그러면 집에 재력이 어느 정도 된다는 거죠. 따님이 일하지 않아도 보험료를 납부하고도 남을 정도로 말이지요."

"헐."

"그리고 아버지가 큰 병은 아니라는 거고요."

"그건 또 어떻게……?"

"당연히 돈이지요."

큰 병이라면 돈이 어마어마하게 들어간다.

심지어 보험이 있다고 해도, 그걸 유지하기 위해서는 어마어마하게 보험료를 내야 한다.

그런데 그런 절박함이 그녀에게는 없어 보였다.

"변호사가 아니시라면서요?"

"미국 변호사가 아닌 거죠. 한국 변호사입니다. 이런 걸 봐야 판단이 가능하지요."

주디의 눈빛에 좀 더 믿음이 실리는 듯했다.

"무슨 일이신지 모르겠지만 저희가 도와드릴 수 있는 건 도와드리지요. 제가 아는 변호사가 있으니까요."

사실 노형진은 그녀의 문제가 그다지 대수롭지 않을 거라 생각했다.

무슨 범죄와 엮일 만한 사람도 아닌 것 같고 말이다.

실제로 범죄와는 관련이 없기는 했다. 하지만 한편으로는 더 머리가 아픈 사건이었다.

"사실은 동생이 죽었어요."

"죽었다고요? 그건 변호사가 아니라 경찰에게 이야기해야 할 것 같은데요."

주디는 고개를 흔들었다.

"이미 수사는 끝났어요. 특이점도 없었고요."

"특이점? 그러면 살인 같은 게 아니었단 말인가요?"

"네, 그냥 사고였지요. 약물중독이었어요."

"아……."

노형진은 입을 다물었다.

미국의 약물중독 사건은 어마어마하다.

그럴 수밖에 없는 게, 미국의 망할 의료 시스템 때문에 많은 사람들이 암시장에서 약을 사기 때문이다.

당연하게도 의사나 약사의 복약지도 같은 건 없다.

그나마 평범한 약이라면 괜찮은데 중독성이 있는 약 같은 경우는 마약이나 마찬가지였다.

애초에 마약에 의한 약물중독 사건도 많은 것이 사실이고 말이다.

"데이비는 마약을 하던 아이였어요."

주디는 사남매였다.

첫째와 둘째는 공부도 잘하고 소위 잘나가는 아이들이었지만 셋째인 데이비는 어떻게 보면 루저라고 부르기 충분한 삶을 살아왔다고 한다.

마약을 하고, 학교 성적은 최악에, 학교 폭력의 가해자여서 퇴학까지 당했다고 한다.

"통제가 되지 않았지요. 언젠가는 이렇게 될 거라 생각했어요."

사건 자체에도 이상한 게 없었다.

범인도 잡혔다.

데이비에게 마약을 공급하던 공급 업자 역시 그때 공급 업자를 바꿨는데, 하필이면 그들이 공급한 마약이 순도가 아주 높은 마약이었고 그걸 모른 데이비는 평소에 하던 대로 마약 양을 잡았다가 그대로 사망한 것이다.

"그러면 변호사를 쓸 일이 없는 것 같은데요."

이것이 법이다

범인도 잡혔고 그 손해배상을 청구할 수야 있겠지만 마약 공급 업자, 그것도 일선 공급 업자들의 삶을 생각하면 제대로 된 보상은 받기 힘들 테니까.

"알아요. 그 사건에 대해서는 더 이상 신경 쓰지 않아요. 끝난 사건이니까."

"그러면요? 혹시나 데이비가 다른 사건을 목격하거나 한 겁니까?"

"그건 아니에요. 다만 그 애가 마지막으로 한 말이 마음에 걸려서요."

"마지막으로 한 말?"

"유언이라고 볼 수도 있겠지요."

"유언요? 사고라면서요?"

"사고였지요. 그건 부정할 수 없어요."

"그러면 변호사를 사려고 하는 이유를 모르겠네요?"

사고다. 게다가 이야기를 들어 보니 그 마약을 팔았던 범죄자는 이미 잡혀서 처벌을 받았다.

"그 아이가 마지막으로 한 말이, 제시를 보고 싶다는 거였어요."

"제시? 그건 또 누군가요? 여자 친구인가요? 죽은 사람의 여자 친구라면 저희가 뭘 어떻게 해 드릴 수는 없는데요."

물론 함께 무덤을 찾아볼 수야 있지만 그건 유가족의 영역이지 변호사의 영역이 아니다.

"제시는 우리 막내예요."

"네?"

"이게 좀, 뭐라고 해야 하나? 저희 아버지가 좋은 아버지는 아니시거든요."

주디는 차분하게 말을 이어 갔다.

"원래 군인 출신이고 상당히 고집이 세지요."

한국식으로 표현하면 극단적으로 가부장적인 아버지.

그런데 데이비와 제시는 그런 아버지 아래에서 버티지 못했다.

데이비는 마약으로 빠져들었고 제시는 집을 나갔다.

"아버지는 그런 제시를 찾으려고도 하지 않았지요."

"그런데 이번에 심경의 변화를 일으켰다는 거군요."

"네."

아들이 죽고, 아버지는 사고로 병원에 입원했다.

노인들이 죽음이 가까워지면서 마음이 약해지는 것은 종종 있는 일이다. 그렇다고 해서 극적으로 자식을 찾으려고 하는 경우는 드물지만 말이다.

"집을 나간 동생분을 찾아 달라는 건가요? 하지만 그것도 변호사의 영역은 아닌데요."

한국에야 사립 탐정 같은 게 없으니까 그런 걸 해 준다지만, 사립 탐정 제도가 있는 미국에서는 탐정들이 사람을 찾아 주는 역할을 한다.

의뢰인이 한다고 하면 뭐든 해 주기는 하지만 일반적으로 변호사들이 하는 업무는 아니다.

"일반적인 변호사라면 그런 업무는 하지 않을 겁니다."

주디는 씁쓸하게 웃었다.

"아니요. 있는 곳은 알고 있어요."

"알고 있다고요?"

"네. 그런데 빼내 올 수가 없어서 문제지요."

노형진은 고개를 갸웃했다.

미국은 이동의 자유가 있는 나라다.

자신이 어디에 있는지 모르더라도, 그곳에서 나오려고 한다면 언제든 나올 수 있다.

"보아하니 금전적으로 여건이 되시는 것 같은데 빼 올 수가 없다고요?"

"상대방이 말이 안 통하는 사람들이라서요."

"말이 안 통하는 사람들이라고요?"

"네. 혹시 블랙우드라는 조직 아세요?"

"아니요."

노형진이 미국에서 살았다고 하지만 모든 조직을 다 아는 건 아니다.

더군다나 이 지역은 노형진이 활동하던 지역도 아니다.

당연히 그런 조직 같은 건 전혀 모른다.

"다운타운을 지배하는 갱단이에요."

"그런데요?"

"그들에게 잡혀 있어요."

"네?"

노형진은 기가 막혔다.

그러면 이건 더더욱 변호사의 영역이 아니다.

"그러면 경찰에 신고해야지요. 아니, 변호사가 가서 풀어 달라고 하면 풀어 주나요?"

"그게, 반강제인지라……."

"반강제?"

"동생이 집을 나가서 카지노 딜러로 일하고 있거든요."

"카지노 딜러요?"

그 말을 들은 순간 노형진은 무슨 소리인가 했다.

하지만 이내 상황이 이해가 갔다.

미국도 모든 곳이 다 도박이 합법인 것은 아니다.

특히나 이곳은 더더욱 말이다.

라스베이거스나 인디언 자치구 등등 몇몇 곳을 제외하고는 도박장은 대부분 불법이다.

그런데 도박장이 있다?

"불법 도박장이군요."

"네."

노형진은 자신도 모르게 신음을 냈다.

안 봐도 비디오다. 불법 도박장에 한번 잡혀 들어가면 나오기 힘들다.

물론 원할 때 언제든 그만둘 수 있으면 좋다.

하지만 그들이 사람을 잘 놔준다면 범죄자로 취급받지 않았을 것이다.

"카지노 딜러란 말이지요? 그렇다면 아무래도 제법 실력이 있는 딜러인가 봅니다."

실력 있는 딜러란 쉽게 말해서 한국식 타짜를 말한다.

정식 도박장도 아니고 제대로 된 도박장도 아닌 곳에서 합법적으로 도박을 하도록 해 주지는 않을 테니까.

"그렇다고 해도 그만두는 건 문제가 안 될 텐데요. 보복 때문입니까?"

"보복 때문은 아니에요. 사실대로 말하면 돈 때문이지."

"집안에 여건이 되시는 것 같은데요?"

"그 애가 거기서 돈을 빌린 모양이에요."

"돈요? 얼마나요?"

"집을 나가서 생활비가 없으니 돈을 빌렸는데……."

주디는 길게 한숨을 내쉬었다.

"한 5천 달러쯤요."

"네? 5천 달러요?"

노형진은 눈을 찌푸렸다.

5천 달러. 한화로 600만 원 정도다.

물론 많다면 많고, 적다면 적은 돈이다.

그녀의 말대로라면 아마도 막냇동생 제시는 가출 이후에 생활비가 부족했을 것이다. 그래서 어떻게 해서든 돈을 빌리려고 했을 테고 말이다.

　"그런데 뭐가 문제지요? 불법적 도박장이라면 그 돈을 갚고 데리고 나오면 될 텐데요."

　"그게 말이지요, 그 돈이 지금은 30만 달러가 되었어요."

　"네?"

　노형진은 자신의 귀를 의심했다.

　30만 달러라니, 이해가 가지 않았기 때문이다.

　"30만 달러요?"

　"네, 30만 달러요."

　"저기, 이해가 안 가는데요. 도대체 그렇게 된 이유가 뭡니까?"

　"이자요."

　"이자…… 아…….."

　노형진은 아차 싶었다.

　한국 기준으로 판단하다 보니 그걸 생각하지 못했기 때문이다.

　'그랬지. 여기는 한국이 아니라 미국이었지?'

　한국과 미국은 전혀 다른 부분이 많다.

　물론 한국도 극단적인 자본주의국가이기는 하지만 미국과는 비교도 할 수가 없다.

어느 정도냐면, 한국은 그래도 최고 이율이라는 게 있다.

1년에 24% 이상의 이자는 내지 않아도 되도록 규정되어 있으며 그 이상은 불법이다.

당연히 소송하면 돌려주도록 되어 있다.

실제로 그렇게 해서 노형진이 사채업자들을 혼내 준 적도 있고 말이다.

'하지만 미국은 그런 게 없지.'

이율이 어떻든, 양 당사자가 합의하면 그건 합법이다.

당연하게도 아무것도 모르는 제시는 거기에 사인을 했을 테고.

"끄응……."

"그래서 변호사를 사서 싸워 보려고 하는 거예요."

"싸울 수는 있겠지만……."

노형진은 머리를 긁적거렸다.

"솔직히 말하면 확률은 낮습니다. 아, 물론 그게 꺼내 오지 못한다는 뜻은 아닙니다."

엄밀하게 말하면 돈은 돈이고 근무는 근무다.

그녀가 그곳에서 나와서 다른 일을 하겠다고 하면 경찰을 통해 빼낼 수 있다.

하지만 문제는, 그런다고 놔줄 놈들이 아니거니와 나온다고 해도 그 돈을 갚아야 하는 건 변치 않는다는 거다.

"이야, 이거 참……."

노형진은 머리를 긁적거렸다.

'하긴 한국에서도 고전적인 방법이지.'

피해자를 돈으로 꼼짝하지 못하게 하는 것. 그게 폭력 조직이 선호하는 방식이다.

당연하게도 이런 식이면 그녀가 카지노에서 나오더라도 어디로 갈 수가 없다.

추심을 핑계로 찾아올 테니까.

"거기에다 그 정도 돈을 벌 수 있는 자리가 거의 없으니까요."

노형진의 말에 주디는 흠칫했다.

"어떻게 아시죠?"

"뻔하지요. 주급이 얼마라고 하던가요?"

"3천 달러라고 하더군요."

"적지 않군요."

그럼에도 불구하고 제대로 갚지 못하고 그렇게 늘어난 이자다.

"이자가 몇 퍼센트라고 하던가요?"

"연 1천 %요."

"미쳤군요."

물론 말도 안 되는 개 같은 이자율이다.

하지만 당사자가 인정한 이상 그걸 뒤집을 수는 없다.

"그냥 구하고 파산 절차를 밟는 게 나을 것 같은데요?"

노형진이 해 줄 수 있는 조언은 그 정도였다.

"알아요. 하지만 그들이 그런다고 해서 봐줄 리 없다는 게 문제지요."

그러니까 제일 좋은 방법은 소송을 통해 그 비용을 탕감하거나 줄이는 것이다.

"일단 이 문제는 제가 어떻게 해 드릴 수 있을 것 같지는 않네요."

노형진은 머리를 긁적거렸다.

"정식으로 변호사를 만나서 상담해 보는 걸 추천해 드립니다."

"역시 그 방법뿐인가요?"

"네, 그 방법뿐이네요."

노형진은 입맛을 다셨다.

⚖

-노 변호사님, 주디 양을 만났다면서요?

"거기로 갔던가요? 제가 명함은 드렸습니다만."

-네. 이야기를 들어 보니 상황이 아주 안 좋더군요.

"어떻게 생각하세요?"

엠버에게서 전화를 받은 노형진은 고개를 갸웃하며 물었다.

엠버라면 방법을 찾을 수 있을 거라 생각했기 때문이다.

하지만 엠버 역시 딱히 방법은 없어 보였다.

-이 경우는 우리가 어떻게 할 방법이 없어요. 물론 어느

정도 탕감은 가능하다고 생각하지만, 아예 제로로 만들 수는 없을 것 같아요.

"그래요?"

─더군다나 그 블랙우드라는 조직이 그렇게 호락호락하지도 않을 것 같고요.

"호락호락하지 않다?"

─양성화된 조직으로 보이더군요.

노형진은 살짝 눈을 찌푸렸다.

어디를 가나 마찬가지이지만 범죄 조직은 양성화하여 자리를 잡는 것을 목표로 한다.

하지만 많은 조직들이 그 과정에서 실패한다.

그러니 양성화될 정도의 조직이면 상당한 자본을 가지고 있으며 능력 역시 작지 않다는 의미다.

"양성화되어 있다고요?"

─네, 물론 외부적으로는 전혀 상관없지만요. 대외적으로는 빈스컨설팅이라는 기업으로 포장되어 있어요. 애초에 돈을 빌린 곳도 그곳으로 되어 있고요. 그 지역에서 상당한 권력을 가진 기업이에요.

"무슨 소리인지 알겠네요."

소송을 한다고 해도 결국은 질 가능성이 높다는 소리다.

법적으로도 불리한데, 저쪽은 정치인들이나 법관들과 관련되어 있을 테니까.

―결정적으로, 거래하는 로펌이 폰스예요.

"폰스?"

―그 지역에서는 유명한 회사예요. 쉽게 말씀드리면 그 지역 상류사회의 소송은 싹쓸이하는 곳이라고 할 수 있겠네요.

"끄응…… 그 지역에 있는 드림 로펌 지점으로 싸울 수 있습니까?"

―그건 힘들 것 같아요. 저희가 거기에 진출한 지 오래되기는 했지만 폰스만큼 위력을 가지지는 않았거든요.

"머리 아프군요."

―일단 주디 씨는 알겠다고 하고 갔어요. 반쯤 포기한 상황인 것 같더라고요.

"제시 씨는요?"

―그게 문제인데, 제시 씨는 극단적인 생각까지 하는 모양이에요. 애초에 구해 달라고 편지를 보낸 것도 제시라고 하더군요.

"아……."

그들의 함정에 갇혀서 인생이 망가지고 있는 상황에서 그녀가 할 수 있는 일은 없다.

가출했다고 하지만 도와줄 수 있는 사람은 가족들뿐일 테고 어떻게 해서 연락했지만, 가족들이 싸우기에는 적이 너무 거대했다.

―아무래도 저희가 뭘 어떻게 해 드릴 수 있는 상황은 아

닌 것 같아요.

"그렇단 말이지요."

노형진은 머리를 긁적거렸다.

그냥 모른 척하자니 그가 들었던 것이 영 꺼림칙했다.

몰랐으면 모르되 알고 있는데 그냥 넘어가기도 힘든 노릇이고 말이다. 하지만 달리 방법이 없었다.

─주디 씨는 구할 수만 있다면 수임료 정도는 얼마든지 낼수 있다고 하는데요.

"이 상황은 수임료로 해결될 수 있는 상황이 아니지요."

─혹시 도와주실 생각인가요?

"글쎄요. 정식으로 수임한 것도 아니고 여기는 한국도 아닌 미국이니 제가 어떻게 해 드릴 수는 없을 것 같네요."

─그러면 제가 일단 수임하고 최대한 감액시키는 걸로 목표를 잡겠습니다.

"그렇게 하세요. 제가 모든 걸 다 할 수는 없으니까요."

꺼림칙하긴 하지만, 이때까지만 해도 노형진은 이 사건에 끼어들 생각이 없었다.

하지만 현실은 노형진을 가만두지 않았다.

⚖️

"괜찮습니까?"

노형진은 병실로 들어오면서 말했다.

침대에 누워 있던 엠버는 살짝 눈을 찡그렸다.

"요즘은 병원에서 자주 뵙네요."

"이게 도대체 어떻게 된 겁니까? 아니, 어떤 미친놈들이 이런 짓을 한 겁니까?"

노형진은 엠버를 보고 눈을 찌푸렸다.

여기저기 붕대를 감고 있었으니까.

하지만 엠버는 안심하라는 듯 손을 흔들었다.

"걱정하지 마세요. 심하게 다친 건 아닙니다. 깨진 창문에 다쳤을 뿐이에요."

"끄응, 범인은 잡았습니까?"

"아직 수사 중이랍니다."

엠버가 의뢰인과 이야기하기 위해 그녀의 집에 가 있는데, 그 집에 대놓고 미친놈들이 총을 갈기고 도망갔다고 한다.

물론 범인은 전혀 잡지 못하고 있고.

"하지만 누구인지는 어렵지 않게 알 수 있지요."

"누군데요?"

"블랙우드일 겁니다. 제가 주디 씨의 집에 있었으니까요."

"네?"

그녀가 공격당했다는 소식에 다급하게 다시 미국에 들어온 노형진은 그 황당한 소리에 기가 막혔다.

"그놈들이 미쳤다고 그런 짓을 해요?"

"미쳤으니까요. 혹시 그들에 대해 아세요?"

"아니요."

알 리가 없다. 알고 싶지도 않았고.

엠버는 그런 노형진에게 자리를 권했다.

노형진이 그 옆에 자리를 잡고 앉자, 엠버는 설명을 시작했다.

"블랙우드는 그 지역에서 가장 큰 카지노를 운영하고 있습니다. 물론 불법이지요."

"그건 알고 있습니다. 하지만 그렇다고 해도 이런 총격까지 저지른다는 건 이해가 안 가는데요."

아무리 막장이라고 해도 이런 총격을 저지르면 경찰의 집중 수사를 피할 수 없다는 걸 모르지는 않을 것이다.

이해가 가지 않는다는 표정으로 노형진이 되묻자 엠버는 살짝 미간을 찡그렸다.

"그게 문제인데요, 경찰에서는 그다지 수사를 할 의사가 없어 보여요."

"네?"

"애초에 총구 자체가 전혀 다른 곳을 향하고 있었거든요."

보통 사람을 노리는 거라면 사람이 서 있거나 앉아 있는 위치를 노리기 마련이다.

하지만 탄착점은 죄다 천장에 있었다.

그 말은 진짜로 사람을 노린 게 아니라 겁을 주기 위해 한 충격이었다는 소리다.

"더군다나 기관총도 아니고 권총탄이니까요."

"으음……."

보통 이런 공격을 할 때는 기관총을 이용한다.

빠른 시간 내에 압도적인 총알을 이용해서 한 발 맞으라고 쏴 대는 거니까.

하지만 천장을 향해서 쏜 총알, 그것도 권총으로 쏜 총알이라는 건 협박의 의미밖에 안 된다.

"그래서 경찰은 중요하게 생각하지 않고 있다는 건가요?"

"그건 아니지만, 아무래도 단순 협박으로 분류되지요."

안 그래도 강력 범죄가 넘치는 미국에서 그런 건 후순위로 밀릴 수밖에 없는 사건이다.

상황을 전부 알게 된 노형진은 미간을 찡그렸다.

"머리를 썼다 이거군요."

누군가 편지를 보내거나 만나서 협박을 하면 추적이 쉽다.

하지만 이런 식으로 총 한 방만 쏘는 건 추적도 쉽지 않고 일단 사건 수사 순위에서도 밀린다.

"아무래도 저쪽에서 쉽게 놔줄 것 같지는 않네요."

그렇게 중얼거린 노형진은 한숨을 푸욱 내쉬었다.

"도대체 이렇게까지 하는 이유가 뭔지 모르겠군요."

그러자 엠버가 입을 열었다.

"그게, 저희도 의심스러운 부분이 있어서 좀 알아봤습니다. 그런데 거기가 단순한 카지노가 아닌 것 같더군요."

"그게 무슨 말씀이신지?"

"카지노임과 동시에 일종의 성매매도 이루어지고 있는 곳
인 듯합니다."

노형진은 눈을 찌푸렸다.

"그런 곳이 어디 한두 곳입니까? 불법 카지노에서 성매매
가 빠지면 그게 더 이상할 것 같은데요."

"물론 그런 곳이 한두 곳이 아니죠. 하지만 그 손님이 문
제예요."

"네?"

노형진은 엠버의 말이 이해가 가지 않았다.

상황이 어떻게 돌아가는지 더 듣고 나서야 엠버의 말을 이
해할 수 있었다.

"혹시 제시 양이 언제 가출했는지 아십니까?"

"네? 저야 모르죠."

노형진은 그 사건에 대해 잘 모른다.

그저 병원에서 잠깐 이야기하고 엠버의 전화번호를 준 게
다였다.

그 이후에는 딱히 신경 쓰지 않았다.

엠버도 노형진이 개입한 사건도 아니기 때문에 따로 보고
하지도 않았고 말이다.

"그녀가 가출한 게 15세 때입니다."

"15세요?"

"네, 어린 나이죠."

"그거랑 무슨 관계가 있다는 겁니까? 이해가 안 가는데요."

"제 가방에서 서류 하나만 꺼내 주시겠습니까?"

노형진은 엠버의 말에 따라 그녀의 가방에서 서류를 찾아 건넸다. 그러자 엠버는 그 서류철에서 사진을 하나 꺼내 보여 주었다.

"어떤가요?"

"예쁘군요, 확실히."

주디를 봤을 때도 느꼈지만 여동생도 확실히 대단한 미모를 가진 아가씨다.

어지간한 남자들이라면 정신 못 차릴 정도로 미인이었다.

물론 노형진은 그다지 감흥이 없었지만.

그러나 다음 순간 노형진은 흠칫했다.

"그게 14세 때 사진입니다."

"네? 뭐라고요?"

"14세 때라고요."

14세면 한국으로 치면 중학교 2학년쯤 되는 나이다.

노형진은 그 말을 듣고 저도 모르게 혀를 찼다.

"서양인들이 발육이 빠르다는 건 알고 있었지만 이건 정말 엄청난데요?"

농담이 아니라 중학교 때 이 정도 외모였다면 서양인치고도 상당히 빠른 편이다.

"그리고 15세에 가출했지요. 가출해서 거의 바로 거기에 들어갔고요."

노형진은 긴 한숨이 나왔다.

"거기가 성매매까지 같이 한다고요?"

"네, 그리고 이 지역 최대의 도박장이고요."

"미친놈들."

돈이 문제가 아니었다.

그런 곳에서 제시 정도의 아이가 눈에 들어온다면 남자들이 어떻게 행동할지가 문제였다.

더군다나 범죄자라는 놈들이 미성년자라는 이유로 보호하려고 할 리 없고 말이다.

"미국에서는 아동 성범죄는 아주 죄가 크지요."

아무리 높은 자리에 있다 해도, 아무리 권력이 강해도, 아무리 유명해도 아동 성범죄자로 엮이는 순간 인생이 끝장나는 나라가 바로 미국이다.

설사 그 상대방이 동의했다고 해도 마찬가지다.

물론 감형의 이유가 될 수는 있지만, 사회적으로 매장당하는 건 똑같다.

감옥? 그건 문제가 안 된다.

아동 성범죄자 같은 경우는 집 앞에다가 '여기는 아동 성범죄자의 집입니다.'라고 푯말을 박아 버리는 게 미국이다.

"하, 그렇다면…… 아니, 그게 확실합니까?"

"어느 정도는요. 정황으로 추측한 거니까요."

제시는 그들의 손아귀에 있다. 그래서 꺼내 오지도 못했다.

그때 노형진은 이상한 점을 깨닫고 황급히 엠버를 쳐다보았다.

"잠깐만요. 제시는 아직 그들이 데리고 있는 거잖아요. 그런데 주디 씨에게 충격을 왜 해요?"

"경찰을 대동하고 찾아갔었거든요."

그리고 강제로 찾으려고 했다.

하지만 현장에서 제시가 거부하는 바람에 실패했다고 한다.

"협박받고 있다고 봐야겠군요."

애초에 도와 달라고 연락한 것이 바로 제시다.

그런데 그런 그녀가 도움을 거절한다?

그건 상식적으로 말이 안 된다.

"제시가 그곳에서 나온다면 피바람이 불 가능성이 높아요."

"끄응."

노형진은 단순한 사건이라 생각했던 일이 이렇게 될 줄은 몰랐다.

"그러니 경찰이고 정치인이고 도와주지 않겠군요."

그런 도박장은 경찰이나 시의 묵인이 없으면 운영이 힘들다. 반대로 말하면 손님 중에 그런 자들이 많다는 소리다.

"그런데 이 일이 터지면……."

"아마도 여럿 다치겠지요."

다치는 정도가 아니다.

미국도 사람이 사는 나라고 부정과 부패가 판치지만, 최소한 아동 성범죄에 대해서는 그냥 두고 보지 않는다.

그리고 싶어도 이쪽에서 그걸 두고 보지도 않을 테고 말이다.

한두 명이 죽는 게 아닐 테니 당연히 저들 입장에서는 어떻게 해서든 막고 싶을 것이다.

이 정도 되면 당연히 FBI가 나설 테고 갱단은 작살날 게 뻔하다.

미성년자 성매매 하는 갱단을 가만두지는 않을 테니까.

"단순한 채권 사건 아니었어요?"

노형진은 머리를 부여잡으며 말했다.

이건 생각과는 좀 다른 상황이 되어 버렸다.

"저희도 물러나기도 그렇고, 그렇다고 그냥 있기도 애매한 상황이 되었네요."

엠버는 눈을 살짝 찡그리며 말했다.

"지금 그러면 주디랑 가족들은요?"

"안전을 위해 대피해 있어요. 일단 안전이 최우선이니까."

지금은 그냥 경고지만 나중에는 경고가 아닌 살해가 될 수도 있다.

'그렇게 되면 제시 역시 멀쩡할 수는 없겠지.'

제시가 그 사실을 알면 복수를 하려고 할 수도 있다.

그녀가 할 수 있는 가장 확실한 복수는 다름 아닌 자신이 아는 것을 주변에 이야기하는 것.

그걸 알고 있으니 당연하게도 그들은 제시 역시 죽이려고 할 것이다.

"가장 좋은 방법은 일단 제시를 꺼내 오는 것이겠네요."

"하지만 그게 쉽지 않아요. 제시가 우리 앞에서 거부 의사를 밝혔으니까요."

"당연한 거 아닙니까? 그 자리에 다른 갱단원들이 같이 있었을 텐데 어떻게 '구해 주세요.'라는 소리가 나오겠습니까?"

"그건 그래요. 하지만 그들이 제시를 따로 두지는 않을 것 같아요. 설사 따로 둔다고 해도, 도망갈 만한 상황에 두지는 않을 테고요."

그게 가능했다면 벌써 그녀가 도망갔을 것이다.

엠버의 말을 들으며 곰곰이 생각하던 노형진은 이내 진지한 표정으로 입을 열었다.

"그건 제가 좀 나서 봐야겠네요."

"네? 미스터 노가요? 하지만 이건 그렇게 큰 사건이 아닌데요."

엠버는 이해가 가지 않는다는 듯 물었다.

노형진이 미국에서 하는 건 무척이나 굵직굵직한 사건이다.

하지만 이건 큰 사건도, 그에게 도움이 되는 사건도 아니다.

노형진은 고개를 저었다.

"하지만 사람 목숨이 달려 있는 사건이지요. 그리고 이 지역에서 이런 일이 벌어지는 걸 보면 우리 드림 로펌이 위험해질 수도 있는 사건이고요."

"하긴……."

그들은 드림 로펌이 이 사건을 담당하고 있다는 것을 알고 있다.

만일 드림 로펌에서 이걸 파고 있는 걸 알게 된다면 어떤 해코지를 할지 모른다.

하지만 거기에는 한 가지 문제가 있었다.

엠버가 걱정스러운 눈으로 노형진을 쳐다보았다.

"하지만 어떻게 접근하시려고요?"

"어떻게는요."

노형진은 어깨를 으쓱했다.

"그들은 제 얼굴을 모르니 당당하게 들어가야지요."

"당당하게요?"

예상 밖의 대답에 엠버는 눈을 동그랗게 떴다.

노형진은 자신만만한 표정으로 고개를 끄덕였다.

"네, 당당하게 가서 기둥뿌리를 뽑아 먹고 오겠습니다."

게임을 시작하자

노형진은 당당하게 그 도박장으로 향했다.

물론 그곳이 어디 있는지 아는 것은 아니었지만, 찾아가는 데에는 아무 문제 없었다.

"신분을 증명해 주십시오."

식당의 3층.

구석에 있는 문을 두들기자 작은 창이 살짝 열리면서 목소리가 흘러나왔다.

노형진은 느긋하게 가방을 열어 보였다.

그러자 '철컥' 소리가 들리더니 문이 열렸다.

"즐거운 시간 보내십시오."

시커먼 흑인은 노형진을 보면서 말했고 노형진은 돈 가방을 들고 안으로 들어갔다.

'전형적이군.'

딱 붙어 있는 두 개의 빌딩.

그리고 한쪽은 아예 입구가 막혀 있다. 당연히 창문 역시 방범 창으로 막혀 있다.

그리고 그 옆 건물에 있는 3층짜리 식당.

누가 봐도 그냥 평범한 식당이다.

그러나 3층의 코너에 가면 이런 비밀 문이 있고, 그쪽을 통해 옆 건물로 갈 수 있다.

'이런 식이면 단속을 하고 싶어도 못 하지.'

돌입할 수 있는 통로가 하나뿐이니까.

물론 저쪽 건물에는 도주로가 있을 것이다.

그리고 그 도주로는 정부에서는 모를 가능성이 높다.

"와우."

노형진은 안으로 들어가서 혀를 내둘렀다.

불법 도박장이라는 걸 알고 왔다.

하지만 그의 눈앞에 펼쳐진 풍경은 전혀 불법 도박장 같지 않았다.

웬만한 5성급 호텔 뺨칠 정도로 벽과 천장이 화려하게 장식된 드넓은 공간, 그곳에 믿기지 않을 정도로 많은 슬롯머신과 게임 테이블이 잔뜩 늘어서 있었다.

곳곳에는 게임의 진행을 돕는 등의 일을 하는 비키니를 입은 미녀들이 보였는데, 사람들은 그들은 안중에도 없다는 듯 홍청망청 돈을 흔들며 도박에 매달리고 있었다.

"끝내주는 장면 아닌가요?"

노형진이 계단에서 그 모습을 보고 있자 누군가 다가와서 말을 건넸다.

"그러네요."

확실히 끝내주는 장면이긴 하다.

마치 영화에서나 볼 법한 그런 모습.

'그리고 미쳐 버린 장면이지.'

라스베이거스도 이 정도는 아니다.

그곳도 최소한의 규칙은 따르기 때문이다.

그런데 여기는 그런 게 없다.

술도 자유, 마약도 자유, 그리고 여자도 자유다.

몇몇 남자들이 사이사이를 돌아다니는 여자의 손을 잡고 뭐라고 대화하는 게 보였다.

그리고 그중 한 팀이 조용히 어디론가 빠져나가는 것도 보였다.

그쪽 입구를 막고 있던 경비원은 조용히 길을 열어 줬다.

그들의 행선지야 뻔하다.

'신화에 나오는 소돔과 고모라 같군.'

타락의 끝에 멸망했다는 그 도시의 사람들이 이렇지 않았을까 하는 생각이 드는 모습.

'하긴 강원도만 가도 정상이 아니지.'

거기만 가도 사람들의 눈빛은 정상이 아니다.

광기로 얼룩진 그곳에서 본능까지 풀어 버렸으니 통제가 될 리 없다.

"처음 오셨나 보네요."

아까 전에 말을 건넨 사람이 능글거리면서 웃었다.

노형진이 힐끗 고개를 돌려보니 갈색 머리의 남자가 사람 좋은 표정으로 웃고 있었다.

"여기 관계자입니까?"

"그럴 리가요."

그는 손을 들어서 손가락마다 잔뜩 끼여 있는 반지를 보여 줬다.

"즐거운 시간을 좀 보내고 싶어서요."

그러니까 놀러 온 부자라는 소리다.

노형진은 그런 그의 말에 다시 고개를 안쪽으로 돌렸다.

"재미있을 것 같기는 하군요."

"멋진 곳이지요, 여기는."

몽롱한 표정으로 말하는 남자.

"특히 저쪽의 빨간 머리 여자가 끝내줍니다. 몸매도 끝내 주고, 아우."

"조언 감사합니다. 하지만 전 그쪽 취향이 아니라서요."

노형진은 더 이상 말하지 않고 몸을 돌렸다.

취향? 그딴 건 여기에 없었다.

노형진이 보기에는 본능만 남은 짐승의 우리나 다름없다.

그리고 그런 게 노형진이 가장 혐오하는 것이다.

그럼에도 불구하고 노형진이 한참을 계단 아래의 풍경을 지켜본 이유는 제시를 찾기 위해서였다.

'찾았다.'

그녀는 블랙잭 테이블에서 일하고 있었다.

그녀 역시 비키니를 입고 있었는데, 그 앞에 있는 남자들의 눈에는 욕망이 번들거리면서 흘러넘치고 있었다.

"자리 있습니까?"

"오, 새로운 손님이군. 앉으시오."

노형진이 돈을 칩으로 바꾸고 다가가자 옆으로 움직이면서 자리를 만들어 주는 사람들.

"역시 우리 린다. 새 손님이 린다를 보고 그냥 넘어갈 리 없지."

손님으로 있는 사람이 농을 던지자 린다라고 불린 제시는 살짝 웃고 말았다.

하지만 좋아서 웃는 건 아니었다.

'하긴 여기서 실명을 쓸 리 없지.'

노형진에게 중요한 건 이름이 아니었다.

그녀를 이곳에서 꺼내는 것이 목적이었다.

"시작하겠습니다."

제시는 이런 일에 이제는 만성이 된 듯 무표정한 얼굴로 카드를 돌리기 시작했다.

노형진은 그런 그녀에게 신경 쓰지 않고 주변을 둘러봤다.

여기저기 서 있는 커다란 덩치들이 보였다.

양복을 입고 있기는 했지만 그들이 단순 경비가 아니라는 것은 어렵지 않게 알 수 있었다.

'그리고…….'

노형진은 눈을 찌푸렸다.

'미성년자들이 적지 않아.'

짙은 화장으로 감추고 있기는 하지만 미성년자임을 알 수 있는 아이들이 적지 않았다.

물론 어려 보이는 성인일 수도 있지만…….

'범죄자들이 그런 거 언제 신경이나 쓰겠어?'

한국에서도 가출한 소년 소녀를 대상으로 하는 범죄가 판친다.

미국이라고 그런 아이들이 없는 것도 아닐 텐데 그런 범죄가 없으리라고 보는 건 무리였다.

'생각해 보니 그러네.'

자신이 미국에 있을 때를 생각해 보면 자연스럽다.

아동 성범죄에 대해 강력 처벌을 하고 또 호들갑을 떨기는 하는데, 생각해 보면 그런 사건들은 대부분 납치에 관련된 것이었다.

'방송에서 한 번도 이런 것에 대해 이야기가 나온 적이 없어.'

'자발적'이라는 핑계로 포장된 강제적 성매매.

그런데 그걸 방송에서 본 기억이 노형진에게는 없었다.

"뭘 그렇게 생각해? 아, 에밀리? 저 애도 끝내주지."

생각을 하느라고 옆을 돌아보고 있었더니 엉뚱한 여자를 보고 있다고 생각한 모양이었다.

하필이면 그쪽에 아까 그 남자가 말한 그 빨간 머리 여자가 있었다.

"이거 이거, 카드보다는 밤놀이에 관심이 더 많은 사람이군."

"하하하!"

같은 테이블에 있는 사람들을 보면서 노형진은 씁쓸하게 웃었다.

이렇게 거리낌 없이 음담패설을 나누는 걸 보니 서로에게 익숙한 모양이었다.

"원하면 지금이라도 가능할걸. 이따가 술 한잔 들어가고 흥 좀 오르면 바쁠 거야."

"지금은 여기에 집중하겠습니다."

노형진은 더 이상 이야기하지 못하게 선을 그었다.

목적을 위해서는 시간이 빠듯하니까.

"잘해 보라고. 린다가 까딱 잘못하면 기둥뿌리까지 뽑아 가니까."

"그렇지. 아주 기둥째 뽑아 가지, 하하하!"

웃는 손님들. 노형진은 그들을 보면서 피식 웃었다.

"그래요? 저도 그게 특기인데, 어디 한번 누가 잘하는지 두고 보지요, 후후후."

"올인."

노형진은 자신의 앞에 있는 칩을 그대로 쭈욱 밀었다.

그걸 보고 제시는 침을 꿀꺽 삼켰다.

"와, 이게 얼마야?"

"미쳤네, 미쳤어."

광기와 본능이 판치는 도박장.

하지만 이 순간만큼은 모든 사람들이 이곳을 바라보고 있었다.

그럴 수밖에 없다.

노형진이 지금 앞으로 민 돈의 금액이 무려 100만 달러, 그러니까 12억이었으니까.

"올인? 또 올인이야?"

"저거 깡이야, 아니면 미친 거야?"

노형진의 행동을 보고 사람들은 웅성거렸다.

그 말을 들으며 제시는 손이 덜덜 떨렸다.

이 테이블에는 오로지 그녀와 노형진밖에 없었으니까.

그 말은 노형진이 12억을 걸었다면 그녀도 12억을 걸어야 한다는 소리다.

그렇다면 노형진이 지면 잃는 걸까?

그것도 아니다.

애초에 저 12억 중 진짜 노형진이 가지고 온 돈은 1억밖에 되지 않는다. 나머지 11억은 여기서 딴 거다.

도박장의 칩이라는 게 그렇다.

돈이 돈으로 보이지 않는 구조다.

그래야 계속 판돈을 올리니까.

하지만 이런 식으로 역습당하면 반대로 줘야 하는 돈도 어마어마하게 많아질 수밖에 없다.

"또 올인이라고?"

"다이 아니면 올인. 미친놈이네, 저거."

사람들은 웅성거렸다.

그럴 수밖에 없는 게, 노형진의 패턴은 간단했다.

다이 아니면 올인.

판돈을 조금씩 올리는 그런 건 없었다.

간단한 규칙이지만 상대방의 피를 말리는 방식이다.

'물론 나는 피 안 마르지.'

테이블을 통해 전해지는 기억.

그 기억을 읽는 것만으로도 노형진은 쉽게 상대방의 패를 읽을 수 있다.

그리고 절대 지지 않는 게임을 할 수 있다.

"올인. 하시겠습니까?"

"올인."

노형진은 씩 웃었다.

"알겠습니다."

제시는 떨리는 손으로 칩을 당겼다.

"카드 오픈하겠습니다."

제시는 자신의 카드를 오픈하면서 노형진의 눈치를 살폈다.

제발 이번만큼은 그가 틀리길 바라면서 말이다.

"오! 20!"

"저 사람도 이제 운이 다했군."

카드를 본 사람들이 웅성거리는 그 순간 노형진 역시 천천히 자신의 카드를 오픈했다.

"20. 이겼네요."

노형진은 카드를 내려놓으면서 씩 웃었다.

그리고 그걸 보고 제시는 얼굴이 사색이 되었다.

물론 숫자는 같다.

하지만 카드에도 등급이 있고, 노형진은 더 높은 등급의 카드로 20을 만들었다.

"이런 미친. 저거 뭐냐? 괴물이야?"

무려 24억이 되어서 산더미처럼 쌓여 있는 칩.

그걸 본 노형진은 느긋하게 그녀에게로 시선을 돌렸다.

"다시 돌리죠."

"저놈 뭐야?"

블랙우드의 카지노를 관리하는 리토는 산더미처럼 쌓여 있는 칩을 보면서 입술이 바짝바짝 말랐다.

"지금까지 얼마나 잃었다고?"

"240억 정도 잃었습니다."

"너 미쳤냐?"

240억. 블랙우드의 모든 자산을 다 팔아도 안 나오는 돈이다.

물론 개별적으로 보스가 가지고 있는 재산을 팔면 그 정도 돈이야 나오겠지만, 보스가 미쳤다고 자기 재산을 팔아 가면서까지 그걸 갚아 주겠는가?

"미친년. 저거 고의로 잃어 주는 거 아냐?"

"딜러를 벌써 세 번이나 바꿨습니다."

즉, 짜고 잃어 주는 게 아니라는 소리다.

"이런 씨발. 저 새끼가 무슨 수 쓰는 거 아니야? 그 뭐냐, 카드 카운팅이라든가."

"벌써 카드도 다섯 번이나 바꿨습니다. 그때마다 새로운 카드로 썼고요. 더군다나 카드 카운팅이라고 보기에는, 너무 가차 없이 다이를 선택하는 경우도 많습니다."

현실적으로 어지간한 천재가 아니면 카드 카운팅은 불가능하다.

한번 바꿀 때마다 랜덤하게 다섯 장에서 일곱 장의 새 카드들을 넣는다.

그 정도 변수를 머리로 계산할 수 있다면 그건 사람이 아니다.

"어떻게 해야 할지 모르겠습니다. 당장이라도 쫓아낼까요?"

"너 미쳤어?"

돈을 많이 번다고 쫓아낸다? 그건 이곳을 망하게 하겠다는 소리나 마찬가지다.

아무리 불법 조직이라지만 이런 사업은 믿음이 가장 중요하다.

"우와!"

그 순간 울려 퍼지는 탄성.

어느 정도 방음이 되는 사무실에까지 들릴 정도이니 그 소리가 얼마나 클지 예상하는 것은 어렵지 않았다.

그리고 그 소리에 그들은 얼굴이 사색이 되었다.

"뭐야? 무슨 일이야?"

"자…… 잠시만 확인해 보겠습니다."

부하는 다급하게 무전기를 들고 확인을 했다.

그리고 얼굴이 시퍼레졌다.

"뭐야? 왜 그래?"

"그…… 그게, 또 올인을 했답니다."

"뭐? 또?"

"네."

"이런 미친……."

"그리고……."

"그리고?"

마지막 말에 리토는 최악을 생각할 수밖에 없었다.

지금까지와 똑같은 과정을 거쳐 왔으니까.

"이겼답니다."

"이런 개 같은 경우가!"

480억. 이건 블랙우드 보스의 재산을 다 털어도 갚지 못하는 수준의 돈이다.

"그 새끼 뭐야! 도대체 누구야!"

"모르겠습니다."

"큭……."

이를 악무는 리토.

"당장 그 새끼에 대해 조사해 와. 하나도 놓치지 말고!"

리토는 이 문제를 어떻게 해결할지 머리가 지끈거렸다.

⚖

"이쯤에서 끝낼까요?"

노형진은 실실 웃으며 말했다.

그는 웃고 있었지만 주변 사람들은 다 시퍼렇게 얼굴이 질려 있었다.

손님이고 직원이고 할 것 없이 말이다.

그럴 수밖에 없다.

노형진이 최종적으로 딴 금액은 2,400억이다.

'이 건물을 다 팔아도 그 돈은 안 나오지.'

아니, 블랙우드의 모든 것을 팔고 심지어 조직원까지 팔아도 그 돈은 안 나온다.

말 그대로 노형진은 기둥뿌리를 뽑아낸 것이다.

'아주 날 잡아먹고 싶어서 환장했네.'

자신을 노려보는 차가운 시선들.

그들을 분명 블랙우드의 조직원일 것이다.

노형진은 그들의 시선을 피하지 않았다.

그 대신에 그들과 눈을 맞추고 똑바로 말했다.

"린다."

"네?"

"린다 데리고 오라고. 린다."

"리…… 린다요?"

"그래, 여기 맨 처음 딜러. 여기서 내가 카드놀이만 하고 가면 섭섭하잖아?"

"그건 그렇지요. 바로 대령해 드리겠습니다."

노형진의 말에 다들 고개를 끄덕거렸다.

노형진은 그걸 보고 씩 웃었다.

'안 보내 줄 수가 없겠지.'

카지노에서 막대한 돈을 따는 경우 온갖 혜택이 다 따라온다.

그들이 돈을 많이 따서? 그게 아니다.

환심을 사서 그 돈을 자신들에게 투자하게 하거나 최소한 분할해서 주기 위해서다.

막말로 노형진이 작심하고 카지노를 털 생각을 하면 어지간한 카지노는 며칠 사이에 날려 버릴 수 있다.

물론 그 전에 그들이 출입 금지를 걸어 버리겠지만.

'그래서 내가 오늘 다 털어 버린 거고.'

만일 출입 금지를 걸어 버리면 노형진의 계획은 실패할 수밖에 없으니까.

"모셔다드리겠습니다."

"기다리지."

노형진은 안내를 받아서 최고급 스위트룸으로 향했다.

그리고 얼마 지나지 않아서 벌벌 떠는 모습으로 린다, 아니 제시 윌리엄스가 들어왔다.

"자…… 잘 부탁드립니다."

카지노를 박살 낸 남자, 그가 자신을 부른다는 사실에 그녀는 잔뜩 긴장한 상태였다.

"린다? 아니, 제시라고 불러야 하겠군요."

"네?"

제시는 고개를 번쩍 들었다.

자신의 본명을 여기서 듣게 될 줄은 몰랐으니까.

"저를 아세요?"

"압니다. 언니인 주디 윌리엄스가 부탁했습니다, 당신을 꺼내 달라고."

"아……."

그녀는 입을 막고 풀썩 주저앉았다.

언니에게, 구해 달라고 필사적으로 노력해서 알렸다.

하지만 정작 주디가 왔을 때, 그녀는 나갈 수가 없었다.

바로 뒤에서 총을 들이밀고 있었으니까.

"어떻게……."

"그건 비밀입니다."

노형진은 그녀가 어마어마한 돈을 딴 비결을 묻는다는 것을 알고는 그저 웃어 보였다.

"그러면 이제 어쩌시려는 거예요? 그 돈으로 저를 구하실 건가요?"

"공식적으로는요."

그녀가 여기서 나간다고 해서 그녀의 빚이 사라지는 것은 아니다.

하지만 노형진이 딴 돈으로 그녀의 빚을 상계 처리하거나 차감해 준다면 충분히 그녀는 구할 수 있다.

"하지만 그들이 포기할 리 없지요. 안 그래요?"

노형진의 말에 제시는 입술을 깨물었다.

그리고 힘들게 고개를 끄덕거렸다.

"이유는 아동 성범죄 때문일 테고요."

"그걸 어떻게……?"

"저도 나름 조사를 해 봤습니다. 그런데 이곳에 있는 사람들 중에 미성년자도 적지 않은 것 같더군요. 얼마나 됩니까, 이곳에?"

"그건……."

제시는 어두운 얼굴로 말을 흐렸다.

그러자 노형진이 단호하게 말했다.

"말해 주셔야 합니다. 이건 아주 심각한 문제예요."

그 말에 결심한 듯 제시가 입을 열었다.

"제가 아는 아이들은 대략 열세 명 정도예요."

"지금요?"

"네."

노형진은 잠깐 생각에 빠졌다.

그 정도밖에 안 된다는 게 이해가 가지 않았기 때문이다.

하지만 이내 자신의 질문이 잘못되었다는 걸 알아차렸다.

"그러면 미성년자일 때 끌려온 사람은요?"

"네?"

"제시 양처럼 미성년자 시절에 여기 끌려와서 성매매로 몰린 아이들 말입니다. 지금 제시 양이 여기서 일한다는 건 그들이 성인이 된 후에도 여전히 일하고 있다는 소리죠."

그러니까 지금 있는 미성년자에 대한 질문은 잘못된 거다.

이런 범죄는 미성년자였던 사람을 건드린 죄도 묻는 게 정상이니까.

"제가 아는 것만……."

제시는 조심스럽게 입을 열었다.

그녀 자신도 피해자였지만 그보다 더 많은 피해자를 봤으니까.

"마흔 명이 넘어요."

"끄응……."

노형진은 입을 다물 수밖에 없었다.

미성년자 마흔 명을 가두어 두고 성매매를 했다?

조직이 안 날아가는 게 이상한 거다.

"손님이 누군지는 알고 있나요?"

"손님에 대해선…… 어느 정도는요."

"정치계 쪽 사람들이 있나요?"

제시는 조심스럽게 고개를 끄덕거렸다.

'역시 그렇게 되는군.'

그런 상황이라면 경찰에서도 제대로 손쓰기 힘들어진다.

아마도 이곳을 단속한다는 이야기가 경찰 내부에서 나오기만 해도 바로 이쪽으로 연락이 올 것이다.

"저를 절대로 놔주지 않을 거예요. 돈이 문제가 아니에요. 손님 중에는 시장이나 경찰서장도 있어요. 하원 의원도 한 명 있고요."

한번 결심한 제시는 자신이 아는 걸 모두 털어놓기 시작했다.

"대부분의 사람들이 여기에 있는 아이들이 미성년자인 걸 알아요. 하지만 전혀 신경 쓰지 않고 있지요."

"알고 있습니다. 눈빛이 죄다 미쳤더군요."

"그리고……."

제시가 뭐라고 하려다가 움찔하자 노형진은 그런 그녀를 진정시켰다.

"괜찮습니다. 걱정하지 마세요. 무슨 말을 하려는지 알고 있습니다."

"어떻게요?"

"저도 눈이 있으니까요."

노형진은 이미 바깥에서 직원들의 면면을 살펴보았다.

모두 미성년자거나, 미성년자가 아니라고 하더라도 상당히 나이가 어린 편의 사람들이었다.

"그런데 나이 먹은 사람들은 생각보다 적더군요."

"그건……."

"이곳이 얼마나 운영되었는지는 모르겠습니다만, 나이 먹은 여자가 그렇게 없다는 건 말이 안 되지요."

제시는 손이 달달 떨렸다.

그랬다. 그녀가 말하고 싶은 게 그거였다.

"어느 순간 언니들이 사라져요."

그리고 소식을 들을 수가 없게 된다.

갱단의 말로는 그만두고 집으로 돌아갔다지만, 상식적으로 지금도 바깥으로 나가지도 못하게 하는 게 현실인데 그만뒀다고 해서 조용히 집으로 돌려보내 줬으리라고 믿는 것은 무리였다.

"스물다섯 살이 넘으면 그때는…… 찾는 사람도 없어요."

그리고 그때는 소위 말하는 '돌려보내진다'.

자기가 짐을 찾는 것도 아니다.

어느 순간 안 보이고, 다른 사람이 와서 그녀의 짐을 정리한다.

그리고 '집에 돌아갔다'고 말하는 것이다.

'손님이라는 놈들이 그런 것에 신경 쓸 리 없으니.'

갱단에서 비밀이 새어 나갈지도 모르는 위험을 감수할 수는 없으리라.

"흠……."

노형진은 턱을 문질렀다. 그리고 대충 상황을 정리했다.

"일단 현 상황에서 제시 양을 꺼내 드리는 것은 불가능하다는 걸 아실 겁니다."

"네, 알고 있어요."

"일단 중요한 건 갱단의 힘을 빼는 거니까요. 지금 상황에서 제시 양이 나오면 쓸데없는 총격전에 휘말릴 겁니다."

"네? 총격전요?"

제시의 얼굴이 사색이 되었다.

"총격전이라니요? 그게 무슨 말씀이세요? 아까 딴 돈으로
저를 꺼내 준다고 하지 않으셨어요?"

"공식적으로는 그렇지요."

하지만 공식적으로 돈을 갚았다고 해서 그 미친놈들이 순
순히 풀어 줄 리 없다.

"그들의 힘을 빼지 않으면 그들은 어떻게 해서든 제시 양
을 강제로 데리고 가려고 할 겁니다. 이도 저도 안 된다면 죽
이려고 하겠지요."

비밀이 새어 나가는 걸 두고만 볼 수는 없을 테니까.

"그러면……."

"제가 왜 돈을 땄는지 아십니까?"

노형진은 씩 웃었다.

돈을 상계하기 위해서? 그것도 맞기는 하다.

"하지만 가장 큰 이유는 그들이 저를 노리게 하기 위해서
지요."

"네? 손님을 노리게 한다고요?"

"네. 아마 어떻게 해서든 저를 죽이려고 할 겁니다. 어떻
게 해서든 말이지요."

그리고 그때가 그들의 마지막 순간이 될 것이라는 것을 노

형진은 알고 있었다.

"위험한 선택을 하셨네요?"

"합리적으로 대응할 수는 없는 상황이니까요."

엠버는 슬쩍 창문 밖을 보고 말했다.

고급스러운 호텔. 그 호텔의 건너편에 있는 차량들.

그곳에 사람들이 숨어서 이쪽을 바라보고 있었다.

"제가 그들에게서 딴 돈은 절대 갚을 수 있는 수준이 아닙니다. 그들 입장에서는 어떻게 해서든 그 돈을 주지 않고 싶겠지만, 그럴 방법은 없지요."

노형진의 말에 엠버는 이해가 간다는 듯 말을 이어 갔다.

"이런 사업은 신용이니까요."

돈을 땄음에도 불구하고 주지 않았다는 사실이 알려지면 누구도 이곳으로 오려고 하지 않을 것이다.

"그리고 돈을 딴 사람을 죽이려고 했다는 소문이 나면 더더욱 안 오겠지요."

노형진은 그렇게 말하면서 소파에 기대앉았다.

"하지만 이번에 돈을 딴 사람은 동행인도 없고 누구인지도 모르는 동양인. 죽여도 문제가 없고, 실종된다고 해도 딱히 문제가 안 될 것 같은 사람이죠. 그렇다면 그들이 어떤 선택을 하려고 할까요?"

자신들의 전 재산을 양심적으로 헌납할 인간들이었다면 애초에 이런 범죄를 저지르지 않는다.

그들이 선택할 카드는 결국 하나뿐이다.

"그리고 제가 움직이는 동선은 한정되어 있지요."

결국 그들은 흔하게 하는 방식처럼 쏘고 도망가는 수밖에 없다.

"그 타이밍만 잡을 수 있다면 일은 제대로 커질 수밖에 없지요."

총을 쏘고 도망가면 그냥 1급 살인이다.

하지만 총을 쏘고도 도망가지 못하면?

그때는 시내에서 총격전이 벌어질 수밖에 없다.

이쪽은 잡으려고 할 테고 저쪽은 도망가려고 할 테니까.

"더군다나 민간인을 향해 갱단이 발포한 거면 상황이 좀 달라지지요."

노형진은 씩 웃으며 말했다.

"제가 왜 이 호텔을 잡았는지 아십니까?"

"글쎄요, 그건 저도 잘 모르겠네요. 물론 노 변호사님이 민간인이라는 사실은 틀림없지만요. 그건 어딜 가나 마찬가지 아닌가요?"

"물론 그렇지요. 하지만 여기는 다른 호텔과 다른 게 있습니다."

"무장 경비라도 있나요?"

"아니요. 그건 아닙니다."

노형진은 엠버에게 뭔가를 건넸다.

그걸 받아 든 엠버의 눈꼬리가 살짝 올라갔다.

"이건?"

"이 호텔에서 예정된 행사 일정입니다. 사흘 뒤에 이곳에서 컨벤션이 열리지요."

대형 호텔들은 컨벤션홀을 마련해 두고 행사를 목적으로 한 손님들을 받는다.

그래서 노형진은 그것을 이용하기로 했다.

바로 이 호텔에서 열리는 전국총기애호협회의 행사를.

"총기 애호가들이 모여서 자기 자랑을 하는 행사입니다. 그쪽에서 얼마나 무장을 하고 나올까요?"

"이런 것까지 계산하신 거예요?"

"그래야 이기니까요."

총기애호협회는 규모가 작지 않다.

당연하게도 그들이 가지고 있는 무기는 권총만이 아니다.

권총, 샷건, 소총까지 별의별 무기가 다 있다.

"만일 제가 그들의 도주를 막을 수만 있다면 그들은 총질을 한 셈이 되지요."

그리고 총기애호협회 회원들이 총기를 단순히 장신구로 산 건 아닐 것이다.

"아마 갱단과 총기협회 간에 대단위 총격전이 벌어질 겁니다."

그리고 그 정도 일이 커지면 FBI가 끼어들 수밖에 없다.

지역 경찰과 손잡고 어떻게 자신들을 감추고 있던 갱단 입장에서는 최악의 사태가 벌어지는 것이다.

그때 노형진의 설명을 가만히 듣고 있던 엠버가 물었다.

"하지만 도주를 어떻게 막으시려고요?"

"이럴 때 쓰라고 돈이 있는 거 아니겠습니까? 후후후."

⚖

"제대로 확인해."

갱단원들은 저마다 총을 확인하면서 고개를 끄덕거렸다.

"확실하게 죽여야 해. 무슨 소리인지 알지? 이 미친놈이 우리한테서 모든 걸 털어 가기 전에 말이야."

"알고 있습니다."

부하들은 고개를 끄덕거렸다.

터무니없는 금액을 싹 쓸어 간 동양인 손님.

그 때문에 카지노뿐만 아니라 블랙우드 역시 파산하기 직전이다.

아직 그 돈을 달라고 소송을 걸거나 압류를 한 것은 아니지만, 그래도 매일같이 전화해서 돈이 언제 준비되느냐고 다그치는 것은 그들 입장에서는 확실히 스트레스였다.

"무슨 일이 있어도 그 녀석은 죽이고 도망간다. 이후 총기와 차량은 모두 다 버리고, 마스크랑 옷도 다 태운다. 알았지?"

"에이, 대장. 우리가 뭐 한두 번 해 보는 것도 아니고 왜 그렇게 겁을 먹어요?"

"걱정되어서 그래. 걱정되어서."

리토는 어쩐지 등줄기가 서늘했다.

안 좋은 일이 벌어질 것 같은 상황이었다.

'젠장, 그렇다고 아무것도 안 할 수도 없고.'

하지 않아도 된다면 안 하는 게 좋겠지만, 애석하게도 보스는 당장 그놈을 죽이지 못하면 네놈을 먼저 죽이겠다고 길길이 날뛰고 있었다.

물론 그 미친놈이 어떻게 이건 건지는 알고 싶지만, 그런 걸 알아보기에는 상황이 너무 좋지 않았다.

"가서 당장 쏘고 도망가면 그만입니다. 이미 도주로까지 다 확보해 놨잖아요?"

"그건 그렇지."

여기에 있는 사람들은 총을 쏜 후에 다른 주로 튈 예정이었다.

'망할 새끼 때문에 내가……'

원래 관리자였던 리토는 그 적자의 책임을 지고 이번 일의 책임자가 되었고 말이다.

쉽게 말해서 일반 조직원으로 강등된 것이다.

물론 제대로 일을 처리하고 돌아오면 제자리로 돌려보내 준다고 하지만 그건 불확실한 일이다.

"저기 나옵니다."

노형진은 지난 며칠간 계속 정해진 시간에 나와서 움직였다.

그랬기에 그들은 당연히 노형진이 나오는 시간을 알고 있었고, 그 시간에 맞춰서 가기 위해 차에 시동을 걸었다.

하지만 그들은 몰랐다.

자신들이 이미 감시당하고 있다는 사실을 말이다.

⚖

ㅡ움직입니다.

노형진의 귀에 있는 이어폰에서 들리는 목소리. 노형진은 애써 침을 삼켰다.

'일단 모든 준비는 끝났어.'

그들은 잘 모르지만 이 호텔 앞에 정차되어 있는 차량은 방탄차다.

당연히 그들이 아무리 총을 쏴도 뚫지 못한다.

노형진은 위험한 순간에 그저 몸을 수그리면 된다.

그렇다고 해서 노형진이 위험한 순간이 어느 때인지 알고 기다릴 생각은 없었다.

그들이 노형진의 앞에 정차하는 순간, 반대쪽 차로에 숨어 있는 사람이 권총으로 창문을 깨기로 되어 있다.

당연히 그들이 조준할 때쯤이면 노형진은 이미 안전한 곳에 피난해 있을 상황이었다.

"나가지요."

노형진은 조심스럽게 바깥으로 나갔다. 그리고 천천히 주변을 둘러봤다.

가까이에 있는 경호원들 역시 주변을 경계하면서 앞으로 가려는 찰나, 갑자기 한 대의 머스탱이 들이닥치면서 바로 앞에서 브레이크를 밟았다.

탕!

그와 동시에 총소리가 울리고 바로 옆에 있는 거대한 전면 유리창이 그대로 깨져 나갔다.

"습격이다!"

"수그려!"

당장 노형진을 누르면서 대피시키는 사람들.

그리고 총소리에 다른 사람들도 바닥에 바짝 엎드렸다.

"뭐야?"

리토는 당황했다.

확실하게 하기 위해 움직이면서 쏘는 것보다는 정차해서 쏘려고 했다.

그런데 정차도 하기 전에 누군가 총을 쏴서 엉뚱한 곳을 맞히는 바람에 표적이 어디론가 도망가 버렸다.

"지금 뭐 하는 거야!"

"저희가 안 쐈어요."

"웃기지 마! 너희가 아니면 누가 쏴!"

"젠장, 대장! 지금 그게 중요한 게 아니잖아요!"

표적은 안으로 대피했고 자신들의 습격은 실패했다.

그들은 당장 도망가려고 했다.

하지만 그건 그들의 헛된 꿈이었다.

부아앙!

한 대의 차량이 갑자기 도로를 막은 것이다.

"어? 뭐야?"

작은 차도 아니고 커다란 트럭이다.

그 트럭이 앞을 가로막자 어디로도 도망갈 수가 없게 되었다.

"후진해! 후진! 후진!"

하지만 후진도 할 수가 없었다.

옆에 단순히 주차되어 있다고 생각한 차량들이 갑자기 뒤에서 이중으로 길을 막았으니까.

"이런 염병……. 뭐 하자는 거야!"

"대장! 어떻게 해요, 대장!"

"어떻게 하기는 어떻게 해? 당장 내려서라도 도망을…….."

하지만 그들은 내려서 도망갈 수도 없는 상황이 되었다.

탕!

상대방의 경호 팀이 이쪽으로 사격을 하기 시작한 것이다.

"으아악!"

어깨에 총을 맞은 부하 한 명이 비명을 질렀고, 리토는 다급하게 그를 끌어당겼다.

"반대로 내려! 반대로!"

황급하게 반대쪽으로 내렸지만 총알을 차로 막는다는 것 말고는 딱히 아무것도 변하지 않았다.

오히려 상황은 최악으로 치닫고 있었다.

"젠장."

그들은 도로 한복판에 고립되었고 경호 팀은 총을 쏘기 시작했다.

"응사해! 응사!"

당연하게도 그런 경우에는 되든 안되든 응사하는 게 사람의 본능이다.

그리고 그건 말 그대로 벌집을 건드린 셈이었다.

"총격전이다!"

"습격이다!"

총소리가 들리자마자 우르르 몰려나오는 사람들.

그들은 하나같이 총을 하나씩 들고 있었다.

총기애호협회의 기본 모토는 '스스로를 지키자.'이다.

누군가의 공격을 받았을 때 반격을 위해 총기를 항시 휴대해야 한다는 게 그들의 주장이었다.

당연하게도 습격당했는데 그냥 두고 볼 그들이 아니었다.

"아니, 씨발! 저거 뭐야!"

족히 몇백 명이나 되는 사람들이 우르르 몰려나와서 총질을 해 대기 시작하자 리토는 고개를 들 수가 없었다.

아무리 권총이고 단발이라지만 쉴 새 없이 날아드는 총알은 그들이 차에서 나오지도 못하게 하고 있었다.

"이런 씨발."

리토는 오늘 일진이 더럽게 나쁘다고 생각하면서 입술을 깨물 수밖에 없었다.

⚖️

시내 한복판에서 벌어진 총격전.

물론 그건 총격전이라고 하기에는 확실히 애매했다.

리토 일행이 몇 발 쏘기는 했다.

하지만 그럴 때마다 족히 백 배는 넘는 총알이 날아들었다.

더군다나 저쪽은 언제든 총알을 보급할 수 있는 데 반해 이쪽은 총알 보급은커녕 어깨에 총을 맞은 부하의 얼굴이 금방이라도 숨이 넘어갈 것처럼 새파랗게 질려 가고 있었다.

"대장, 이러다가 죽겠어요!"

"그래서 나보고 어쩌라고, 씨발!"

당장이라도 차를 몰아 도망가고 싶었지만 이미 달려 나갈 길은 완전히 막혀 있다.

타이어도 이미 걸레짝이 되어서 주행은 불가능했다.

"도대체가 이게 무슨……."

슬쩍 고개를 내민 리토는 황급하게 몸을 다시 차량 뒤쪽으로 감췄다.

탕!

총소리가 들리고, 그가 얼굴을 빼꼼 내밀었던 곳에 총알이 스치고 지나갔다.

"이런 씨발!"

리토는 저절로 욕이 나왔다.

그럴 수밖에 없는 게, 이번 총소리는 지금까지의 총소리와 확연하게 달랐기 때문이다.

"도대체 어떤 새끼야? 뭐 하는 새끼인데 이 정도 병력을 끌고 다니느냐고!"

방금 그를 노렸던 물건은 그냥 권총이 아니었다.

소총이었다.

물론 민수용의 단발 소총이지만, 어찌 되었건 소총은 소총.

맞으면 죽어 나자빠지는 것은 확실하다.

탕탕!

"으아아악!"

부하들은 이제 비명을 지르기 시작했다.

저쪽에서 소총을 쏴 대기 시작하자 방탄 기능도 없는 차량에 구멍이 숭숭 났다.

"으아! 씨발!"

부하들이 욕과 비명을 질러 대는 사이 저 멀리서 사이렌이 울려 퍼지기 시작했다.

그제야 막고 있던 차들이 움직였지만, 이미 그 너머에는 경찰차들이 자리를 잡고 입구를 꽉 틀어막았다.

그것뿐만 아니라 더 뒤에는 방탄복과 방탄 방패로 완전히 무장한 1개 소대 병력이 기다리고 있었다.

"무기를 버리고 투항하라!"

경찰의 외침에 압박감을 느낀 리토는 고개를 들어 하늘을 올려다보다가 무언가를 발견했다.

저 멀리 보이는 헬기. 방송국 헬기였다.

안 봐도 뻔하다. 이 꼴이 바로 방송된 것이다.

"젠장."

리토는 이를 악물었다.

그가 선택할 수 있는 게 그다지 없었으니까.

"투항하라!"

조금씩 다가오는 경찰.

그 모습을 본 결국 리토는 어쩔 수 없이 들고 있던 무기를 던졌다.

그리고 두 손을 하늘 높이 든 채로 천천히 경찰 앞으로 다가갔다.

"제대로 잡혔네요."

노형진은 엠버와 함께 호텔 안쪽에서 그 장면을 보고 있었다.

무기를 버린 그들은 경찰 특공대에게 잡혀서 질질 끌려가고 있었다.

"이건 아마 오늘 8시 뉴스의 메인으로 나갈 겁니다."

"방송국이라니, 어떻게 부르신 거죠?"

엠버는 기가 막히다는 듯 말했다.

사건이 벌어지기 무섭게 노형진이 방송국에 전화를 하는 걸 보긴 했지만 헬기까지 날아올 줄은 몰랐던 것이다.

"어떻게는요, 90%의 진실과 10%의 거짓말을 한 거지요."

"90%의 진실과 10%의 거짓요?"

"도심지에서 삼백여 명이 총격전 중이라고요."

"네? 그게 무슨······. 아니 아니, 틀린 말은 아니네요."

확실히 이번 사건에 휘말린 사람들은 백 명이 훌쩍 넘는다.

총기애호협회 행사에 참가한 사람들만 삼백 명이 넘고 노형진이 개인적으로 고용한 경호원도 있으니까.

"물론 당하는 쪽은 고작 네 명이라는 게 문제였지만요."

노형진은 그 부분은 쏙 빼놓고 이야기했다.

하지만 언론사 입장에서는 150 대 150의, 거의 전쟁 수준의 총격전을 생각하고는 다급하게 헬기를 동원한 것이다.

"뭐, 틀린 말은 아니지만 양쪽도 속은 거네요."

"후후후."

노형진은 그저 웃을 뿐이었다.

"어찌 되었건 중요한 건 틀린 말은 아니라는 거죠."

중요한 건 이게 전국으로 방송되었다는 거다.

물론 이 정도로 전국 방송까지 갈지 알 수는 없지만 말이다.

"중요한 건 일이 이 정도로 커진 상황이라면 경찰도 사건을 덮지는 못할 거라는 겁니다."

지금까지는 사건을 덮으면서 쉬쉬하며 넘어갔을 것이다.

당장 엠버가 받은 총격이 단순 협박으로 넘어간 것이 그렇다.

물론 협박이 맞기는 하지만, 그렇다고 해도 이상할 정도로 수사가 진행되지 않았다.

"일단 이슈화하는 건 이 정도면 된 것 같군요."

노형진은 씩 웃으며 말했다.

"남은 건 이제 그 사람들을 꺼내 오는 것뿐입니다."

물론 그게 가장 힘든 일이지만 말이다.

신고하려면 해 봐

　노형진 덕분에 모든 경찰과 FBI의 추적을 받게 된 블랙우드의 보스인 게리엇은 주먹을 꽉 쥐었다.

　"이 멍청한 놈들이 알아보지도 않고 습격했다는 거야?"

　"그렇습니다. 그 멍청한 놈들이 그곳에서 총기애호협회 행사가 벌어지는 줄도 모르고 갔답니다."

　"이런 개 같은 새끼들이 정신을 어디다 팔아먹고 다니는 거야! 어!"

　"그게……."

　물론 그들의 잘못이 아니다.

　습격이 실패하는 일은 종종 있었지만 이렇게 순식간에 탈출로가 막힐 거라고는 누구도 예상하지 못했으니까.

"더군다나 그 노형진이라는 놈은 우리가 올 걸 알고 경호원에 트럭까지 준비했어! 지금 그놈이 누군지도 제대로 알지도 못하고 건드리는 바람에 이 난리가 났단 말이다!"

시간이 지나고 그가 누군지 알아낸 게리엇은 아차 싶었지만 이미 사건은 걷잡을 수 없이 커진 후였다.

안 그래도 총기애호협회는 개개인의 안전을 위해 각자가 총기를 소지해야 한다고 주장하는 사람들이다.

그들은 이번 사건을 적극적으로 알리면서, 이렇게 각자가 무장을 하고 힘을 합하자 갱단의 습격도 막을 수 있었다고 홍보하고 있었기 때문에 사건은 이제 미국 전역으로 알려졌다.

"미치겠네."

당장 이 지역 경찰만 해도 돌변해서 수사를 시작했다.

정확하게 말하면 자신들의 편의를 봐주던 사람들이 빠르게 관계를 끊고 있었고, 다른 사람들이 수사를 하기 시작했다.

FBI도 수사에 참여했다는 소식도 들렸고, 미국 주류, 화기, 마약 관리국인 AFT 역시 수사에 참여했다는 소리도 들렸다.

재수 없게 그들이 가지고 갔던 권총이 추적이 불가능하게 조작된 총기였기 때문이다.

그게 버려진 것이었다면 모르겠지만 그걸 소지한 채로 잡혔으니 AFT가 혈안이 되어서 뒤를 캘 수밖에 없었다.

블랙우드는 말 그대로 절체절명의 상황에 처한 것이다.

"그 이후에 무슨 말 없어?"

"아직은 없습니다. 다행히 네 사람 다 입을 다물고 말을 안 하고 있기는 합니다만."

"씨발. 얼마가 되든 무조건 비싼 변호사 사서 붙여. 무조건 입 다물게 하란 말이야!"

"알겠습니다."

물론 이 경우는 1급 살인미수다.

아무리 못해도 10년은 살아야 한다.

"그러면 식당은 어떻게 할까요?"

"식당? 무슨 식당? 너 미쳤냐? 이 와중에 영업을 하자고?"

식당이라는 게 진짜 식당을 뜻하는 게 아니다.

그 옆에 붙어 있는 도박장을 이야기하는 거다.

그리고 사람이 바보가 아닌 이상에야 이 상황에서 그 도박장에 오지는 않을 것이다.

물론 모르고 찾아오는 사람이 있을 수야 있겠지만 그 수는 많지 않을 것이다.

설사 문을 열고 받아 준다고 해도 문제다.

사건이 이렇게 커진 상황이니 그 안에 정보를 모을 목적으로 손님으로 꾸민 경찰이나 요원이 있을 수도 있는 일이니까.

"영업은 당분간 접는다. 당분간은 몸 사려."

"알겠습니다."

그들은 고개를 끄덕거렸다.

하지만 그들은 노형진만 자신들을 노리는 것이 아니라는 사실을 모르고 있었다.

"아마 그들은 아이들을 대피시킬 겁니다."

노형진은 그들의 움직임을 예상하고 있었다.

"의외인 건 그곳의 관리자가 직접 저를 죽이기 위해 나선 것이기는 한데……."

자신을 죽이려고 나선 사람이 다름 아닌 그 도박장의 관리 자라는 사실이 의외이기는 했지만, 그러나 그렇다고 해서 노형진이 작전을 바꿀 이유는 없었다.

"중요한 건 아이들의 안전을 확보하는 거지요."

"이미 사람들을 준비하기는 했습니다만……."

엠버는 걱정스럽게 물었다.

"진짜로 그들이 아이들을 대피, 아니 이동시킬까요?"

"그럴 겁니다."

아무리 채권을 확인하고 힘을 뺀다고 해도 그 아이들을 확보하지 못하면 사실 아무 의미 없다.

그러니 가장 확실한 것은 카지노에서 일하던 아이들을 보호하는 것이다.

"일반적으로 출퇴근하던 사람들의 경우에는 그냥 출근하

지 말라고 하겠지요. 하지만 문제는 그곳에 강제로 잡혀 있는 아이들이지요."

그 아이들을 돌려보낼 수는 없다.

그렇다고 다 죽일 수도 없다.

그 아이들이 한꺼번에 사라지는 경우 손님들이 이상하게 생각할 테니까.

아무리 그들이 아동 성매매를 하는 놈들이라지만 아동 성매매와 미성년자 대량 학살은 전혀 다른 문제니까.

"제가 채권을 가지고 있으니 압류나 기타 법률적 행위를 할 수 있다는 걸 그들은 알고 있습니다."

그리고 그들 입장에서는 위험을 최대한 줄여야 한다.

"그러니 어떻게 해서든 아이들을 다른 곳으로 빼돌리려고 할 겁니다."

"우리가 노리는 게 그거고요?"

"그렇지요."

그들이 아이들을 과연 어떻게 옮길까?

사실 답은 정해져 있다.

아이들의 숫자는 많고 그쪽 인원은 많지 않다.

차량으로 옮기자니 그 아이들이 갑자기 살려 달라고 비명을 지르거나 하는 경우가 생기면 당연히 경찰이 달라붙는다.

"저들은 지금 어떻게 해서든 이 상황을 덮어야 합니다."

더군다나 그곳의 관리자였던 리토가 잡혀 들어갔다.

물론 리토가 입을 열 가능성은 낮지만, 조금만 조사하면 그가 소유한 건물이나 동선이 나올 테니 그곳을 조사하는 건 당연한 일이다.

"그러니 가능하면 빨리 움직이려고 하겠지요. 그것도 최소한의 인원으로."

그러면 방법은 하나뿐이다.

바로 트럭. 그것도 초대형 트럭이다.

족히 수십 명은 너끈하게 들어가고, 일단 그 안에 들어간 후에는 아무리 소리를 지른다고 해도 외부에서는 들리지 않는다.

아이들 입장에서도 그 안에 들어간 상황에서 살려 달라고 빌어 봤자 까딱 잘못하면 죽을 수도 있다는 걸 안다.

소리를 질러서 바깥으로 소리가 새어 나갈 수도 있지만 그렇지 않은 경우나, 새어 나가도 그 장소가 사람이 없는 곳이라면 도리어 보복 폭행을 당할 가능성이 높다.

"아이들을 학교용 버스로 옮기지는 않을 테니까요."

결과적으로 그들이 할 행동은 하나뿐이라는 거다.

"그 트럭을 습격하는 게 우리 계획입니다."

노형진의 말에 엠버는 턱을 문질렀다.

이건 상당히 위험한 계획이기 때문이다.

"힘들다고 생각하나요?"

"아니요. 그건 아니에요."

엠버는 노형진의 말에 고개를 흔들었다.

"하지만 그냥 습격하는 건 위험하다고 생각해요. 그들도 갱단이에요. 무장을 했을 가능성이 높지요. 설사 아니라고 해도, 그들이 트럭만 보낼 거라고 생각하기는 힘들어요. 어찌 되었건 그들의 주요 수익 모델이잖아요."

"그렇지요."

성매매와 함께 하는 도박장?

사실 많다. 많은 정도가 아니라 넘친다.

마약까지 파는 갱단이 그 정도 일에 양심의 가책을 느끼지는 않으니까.

하지만 이들은 미성년자를 데리고 있었다.

정상적인 경우, 아니 어지간히 미친놈이 아니라면 미성년자를 건드리려고 하는 경우는 거의 없다.

"참 구역질 나네요."

"뭐가요?"

"그 정치인이라는 놈들요."

"그런 놈들이 겉과 속이 다른 게 뭐 어디 하루 이틀 문제입니까?"

아동 강간범의 사형을 주장하며 아동 성 문제를 해결하려고 이리 뛰고 저리 뛰던 변호사가 알고 보니 아동 강간범이었다는 황당한 결말도 있었다.

"인간의 겉으로 보이는 모습을 다 믿을 수는 없지요."

"그건 그렇지만요."

엠버는 그래도 많이 실망한 모양이었다.

"실망은 나중에 하지요. 지금 중요한 건 그 아이들을 탈출시키는 겁니다."

"알겠어요. 그러면 적당한 운전사를 준비할게요. 차량은 도로에 버려야겠지요?"

"그래야 할 겁니다. 물론 그 트럭도 아마도 절도품같이 걸리는 게 있는 차량일 겁니다."

그러니 그걸 제출해 봐야 사실상 의미도 없을 테고 말이다.

당연하게도 추적도 불가능할 것이다.

'반대로 말하면 습격당한다고 해도 놈들도 신고할 수는 없다는 말이지.'

습격을 신고하려면 거기에 뭐가 실려 있었는지 피해가 얼마인지도 알려야 하는데, '미성년자를 납치 중이었습니다.'라고 하면 경찰에서 조사하는 건 이쪽이 아니라 그들이 될 것이다.

이쪽은 납치되고 있는 미성년자를 구출한 영웅이 되고.

"그러면 데리고 무조건 경찰로 갈까요?"

"아니요. 그건 안 좋은 생각입니다."

"어째서요? 일이 이 지경이 되었는데 리토의 세력이 위협이 될 거라고 생각하세요?"

"그건 아닙니다만 다른 사람들이 위협할 수도 있겠지요. 그 아이들이 가진 힘이 얼마나 강한지 생각을 한번 해 보세요."

"아……."

만일 그 아이들이 입을 열게 되면 얼마나 많은 사람이 다칠지 감도 안 잡힐 판국이다.

정치인뿐만 아니라 일반인들 역시 줄줄이 잡혀갈 것이다.

"아마 도시 자체가 통제 불능에 빠질 겁니다."

농담이 아니다.

물론 당장 무너지거나 하지는 않겠지만 주요 결정권자들이 빠지면 도시에 대혼란이 올 수밖에 없다.

"물론 그들을 대신할 사람이 없는 건 아니지만요."

"하지만 그들이 다른 라인을 통해 위협할 수도 있다 이거군요."

"맞습니다."

경찰에 넘겨주는 순간 그들은 노형진과 엠버의 관리에서 떠나는 셈이다.

물론 정식 변호사로서 대면 정도는 할 수 있겠지만 그건 어디까지나 제시 정도이지 다른 아이들은 어떻게 될지 모른다.

"그리고 부모가 정상이 아닌 경우도 생각해 봐야 하고요."

"부모가요?"

"정상적인 부모라면 다행이지만 정상적이지 않은 부모라면 문제가 됩니다. 한국에서도 비정상적인 가정에서 탈출한 가출 소녀들이 성매매로 몰리는 경우가 많거든요."

"무슨 소리인지 알겠네요."

만일 부모가 비정상이라면 그들은 돈을 주는 자들과 합심해서 자녀들의 입을 막으려고 할 수도 있다.

"실제로 그런 일도 있었고요."

돈에 미쳐서 그리고 마약에 미쳐서 자녀를 직접 죽이려고 한 사건도 있었다.

그런 상황이다 보니 부모가 모두 정상이리라 믿는 것은 너무 위험했다.

"일단은 안전한 곳으로 데리고 가지요."

그 후에 그 아이들에게 진술을 받고 그걸 방송국으로 보내기만 하면 된다.

언론에서는 신나게 떠들 테고 리토가 사라진 조직이 제대로 저항할 수 있을 리 없다.

"그러면 금방 끝날 겁니다. 금방."

⚖️

컴컴한 밤, 트럭은 밤을 이용해서 도시를 벗어나고 있었다.

"조용하네."

"뒈지기 싫으면 입 닥치고 있겠지."

운전석에 있는 두 사람은 시큰둥하게 말했다.

"그런데 보스는 어쩌냐? 일단 애들을 치우라고 해서 치워

두기는 하는데."

"나야 모르지. 못해도 10년 이상은 나올 것 같다는데."

"아, 씁. 이거 골 때리네. 그나저나 디오 그 녀석은 누구한 테 연락받아서 우리한테 이딴 일을 시키는 거야?"

"입 좀 닥쳐라. 그러다 걸리면 좆되는 거 몰라?"

"누가 있다고 그래."

디오는 도박장의 2인자였다.

그는 평소에 리토를 대신해서 움직이는 경우가 종종 있었는 데 리토가 사라지고 나자 아예 직접 도박장을 이끌고 있었다.

"그런데 말이야, 너 그런 생각 안 해 봤냐?"

"무슨 생각?"

"디오 그 새끼만 제치면 우리가 이거 다 먹을 수 있을 것 같지 않아?"

조수석에 있는 남자는 운전하던 남자의 뒤통수를 강하게 후려갈겼다.

"아, 쓰발. 왜 때려!"

"미쳤냐? 디오가 어떤 새끼인데? 리토 그 새끼보다 독종 이야. 기억 안 나? 살려 달라고 그렇게 비는 애 눈깔에다가 시가 들이민 거?"

"어…… 응응……."

운전사는 흠칫했다.

과거에 큰 실수를 저지른 조직원이 있었다.

물론 그가 조직을 배신한 건 아니었다. 다만 손을 씻으려고 했을 뿐이다.

그러나 디오는 잡혀 온 그 조직원의 양쪽 눈을 시가로 지져 버렸다.

당연하게도 그날 이후로 누구도 그를 보지 못했다.

"그리고 이건 소문인데……."

"소문? 무슨 소문?"

"실질적으로는 디오가 리토보다 더 높다는 이야기가 있어."

"뭔 개소리야? 디오가 리토보다 높다니?"

"아니, 그러니까 리토가 진짜 보스가 아니라는 거지."

운전자는 침을 꿀꺽 삼켰다.

"생각해 봐. 우리가 이 차에 실어서 애들을 옮기라고 이야기는 들었지만, 우리가 이 차를 가지고 온 건 아니잖아."

그랬다. 그들은 이 차를 훔치거나 가지고 온 적은 없다.

그저 주차되어 있는 차를 몰고 온 것뿐이다.

"더군다나 좀 전에 말한 그놈, 우리 중에 누가 처리했냐?"

"어?"

"야, 이 병신아. 그러니까 네가 그렇게 무시를 당하지. 우리 애들을 정리할 때 누가 했다는 애들 있었어?"

"그건…… 그러네."

쉬쉬했지만 누구도 자신이 정리를 했다고 하는 사람은 없었다.

그저 전문 킬러를 쓰지 않을까 하는 생각을 했지만 상식적으로는 말이 안 된다.

　습격을 할 때는 그들이 하는데 시체 처리 같은 건 다른 사람을 시킨다?

　"거기에다가 이번에 리토가 직접 나섰다가 일을 그르쳤잖아. 그런데 지금까지 리토 그 새끼가 남을 시키면 시켰지 자기가 뛰는 거 봤냐?"

　"어, 그러네? 그런 적은 없었지."

　"이번 일도 사실상 리토가 아니라 디오가 나서야 정상인데 디오 그 새끼는 맨날 처박혀서 꼼짝도 안 하잖아. 2인자치고는 이상해."

　"으음, 그런가? 하긴 여러모로 말이 안 되기는 하네."

　운전을 하던 남자는 조용히 침음성을 삼켰다.

　생각해 보면 리토는 보스로서 많이 모자라기는 했다.

　"그래서 도는 소문이야. 디오가 실질적으로 보스고 리토는 그냥 방패막이라고. 정작 우리 조직에서 디오가 2인자 취급이지만 뭐 제대로 행동하는 게 없잖아? 리토가 다 시켰지."

　"허미, 그러면 디오가 위에서 보낸 진짜라는 거네?"

　"물론 소문일 뿐이지만 말이지. 네가 디오를 담근다고 해서 그 재산이 넘어오는 것도 아니잖아? 그런데 디오를 담그겠다고?"

　"그거야……."

"나라면 입 닥치고 조용히 있겠다."

"……그래야겠네."

운전사는 다시 입을 다물었다. 그리고 조용히 운전에 몰두했다.

그렇게 얼마나 갔을까?

차량은 아예 도심지를 벗어나서 외곽으로 나가고 있었다.

"여기서 좀 가면 외부에 모텔이 있다고 하니까 거기로 가면 된다."

"알아. 안다고."

혹시나 추적당할까 봐 핸드폰도 내비도 쓰지 못한 채로 그들은 그렇게 한참을 달렸다.

하지만 그들은 결코 현장에 도착할 수가 없었다.

부아아앙!

저 멀리서 따라오는 몇 대의 차량들.

"뭐야, 이 시간에?"

이 시간에 이런 외곽에서 다른 차를 볼 이유가 거의 없기 때문에 그들은 살짝 고개를 갸웃했다.

"뭐, 별일 있겠어? 우리만 있는 것도 아니고."

"그건 그렇지."

그들은 고개를 끄덕거렸다.

그들을 따라오는 차량이 두 대가 있는데 그 두 대 다 네 명씩 자신들의 갱단이 타고 있다.

당연하게도 그들은 무장을 하고 있는 상황이다.

무슨 일이 터진다면 바로 내려서 반격할 수 있었다.

"금방 도착하니까 옆으로 보내…… 어?"

조수석에 있던 남자는 자신도 모르게 창밖으로 고개를 내밀었다.

그들을 따라오던 두 대의 차량이 갑자기 휘청휘청하더니 그대로 도로 옆으로 틀어박혔기 때문이다.

그리고 어둠 속에서 나타난 차량을 보고 그들은 일이 틀어졌다는 걸 알아차렸다.

"이런 씨발, 저거 뭐야!"

창 바깥으로 나와 있는 총구.

딱 봐도 저 총에서 발사된 총알에 뒤에 따라오던 차량이 공격받은 게 뻔했다.

다만 운전사가 총에 맞은 건지 아니면 다른 이유가 있는 건지는 알 수 없지만 말이다.

"이런 젠장! 뭐야!"

상대방은 이쪽에 대해 완벽하게 알고 있는 게 분명했다.

그러니 호위 차량부터 공격한 것이다.

"이런 씨발! 어쩌지? 어쩌지? 세워야 하나? 세워?"

"미쳤어? 세우면 우리 다 죽어!"

정체불명의 차량은 총 다섯 대. 그중 세 대가 뒤로 처졌다.

그 말은 뒤따라오던 차량에 남아 있는 사람들을 정리하는 게 목적이라는 소리다.

기습을 당하고 차가 전복되기까지 했으니 저쪽이 제대로 저항하지 못할 건 당연한 일.

탕, 탕, 탕!

아니나 다를까, 뒤쪽에서는 잠깐 총성이 들리나 싶더니 순식간에 침묵이 찾아왔다.

"달려! 밟아! 밟으라고!"

이대로는 죽는다는 공포감에 그들은 미친 듯이 밟았지만 애석하게도 트럭이 낼 수 있는 속도에는 한계가 있었다.

탕탕!

바로 옆에까지 따라온 차량의 창문에서 총알이 날아들었다.

"쏴! 쏴 버려!"

"으악!"

운전석에 있던 남자는 어떻게 해서든 떨어트리기 위해 총을 쏘려고 했다.

하지만 창문이 깨지고 앞 유리가 깨지는 상황에서 총을 쐈다가는 자신의 머리가 날아간다는 걸 그는 어렵지 않게 알 수 있었다.

펑펑!

"씨발."

그리고 그들이 가장 두려워하는 소리가 들렸다.

타이어가 펑크 나는 소리였다.

하긴 이렇게 가까운 거리에서 대형 트럭의 타이어도 못 맞힐 사람은 없을 테니까.

"투항하면 목숨은 살려 주겠다!"

거기에다 총을 들이민 차량은 무려 두 대다.

아무리 그들이 노력해도 이길 수 있는 상황이 아니었다.

상대방은 헬멧에 고글에 방탄조끼에 소총까지 완비하고 있는데 그들이 가진 것은 고작 권총 두 정뿐이다.

"씨발……."

그들은 이를 갈면서도 어쩔 수 없이 차의 속도를 늦췄다.

그리고 트럭에서 내리자마자 그들의 눈에는 안대가 씌워졌고 손은 덕테이프로 꽁꽁 묶였다.

"살려 주세요. 우리는 아무것도 몰라요. 제발 살려 주세요."

조수석에 있던 남자가 뭐라고 비는 듯했지만 이내 소리가 사라졌다.

그 이유를 운전사가 아는 데에는 오래 걸리지 않았다.

그의 입에 재갈이 물렸기 때문이다.

"읍읍!"

그러는 사이 그들은 어디론가 끌려가는 듯하더니 잠시 후 바닥에 철퍼덕 던져졌다.

확 풍기는 흙먼지 냄새에, 그들은 자신들이 도로 바깥으로 끌려 나왔다는 사실을 유추할 수 있었다.

하지만 그들은 저항하지 못했다.

그랬다가는 죽을 것 같았기 때문이다.

그렇게 버려진 그들 주변으로 시끄러운 자동차 소리가 들리고 잠시 후 침묵이 찾아왔다.

두 사람은 공포에 떨면서 꼼짝도 못 하고 그저 바닥에 누워 있어야만 했다.

그런데 어느 순간 갑자기 두건이 확 벗겨지면서 빛이 들어왔다.

다행히 캄캄한 밤이었기 때문에 눈이 부시거나 하지는 않았지만.

"넌?"

운전사는 자신에게 얼굴을 들이미는 사람을 보고 놀랐다.

"주…… 죽은 거냐? 나도 죽은 거야?"

"죽기는 개뿔. 그 새끼들이야?"

자신들을 따라오던 조직원들이었다.

그들은 눈을 찌푸린 채로 두 사람을 보고 있었다.

"어떻게 된 거야? 분명 뒤에서 총소리가 났는데."

"나기야 했지."

갑자기 나타난 차량의 공격에 타이어가 펑크가 나면서 길옆으로 나뒹굴었고, 그들이 정신을 차리기도 전에 적들이 들이닥쳤다.

"다급하게 저항하기는 했는데……."

정신을 차리기도 전에 그들이 들이닥치자 몇몇이 허공에

대고 총질을 하기는 했지만 애석하게도 그들은 이미 방탄복을 입고 있었고, 애초에 어설프게 한 총질은 그들 근처에도 가지 못했다.

"그 미친놈들이 우리를 아주 꽁꽁 묶더라."

이들과 똑같이 눈을 가리고 팔과 다리를 덕테이프로 묶어 버렸다.

"그리고 사라졌어."

죽일 수도 있었지만 그들은 누구도 죽이지 않았다.

다만 그렇게 두고 사라졌다.

"그런데 어떻게 여기에?"

"덕테이프가 강하지는 않으니까."

덕테이프는 당기는 힘으로는 절대 끊어지지 않는다.

하지만 날카로운 부분에 문지르면 쉽게 끊어진다.

그걸 막기 위해서는 덕테이프가 아니라 케이블 타이로 묶어야 했다.

"차가 쓰러진 방향으로 가서 날카로운 걸 잡고 무조건 문질렀지."

그 결과 한 명이 덕테이프를 끊었고 그 이후에는 일사천리였다.

"애초에 그놈들 목적은 뻔하니까."

물론 도망갈까 하는 생각도 했지만 애초에 다시 돌아가기에는 도시에서 너무나 멀리 왔기에 차라리 예정된 호텔로 가는 게 더 빨랐고, 그들은 하염없이 이쪽으로 걸어오다가 이들을 발견한 것이다.

"그놈들이 도대체 뭘 노린 건데?"

"글쎄……."

운전사의 말에 그들은 시선을 돌려서 트럭을 바라보았다.

"뭘 노린 건지는 알겠네. 그리고 확실하게 챙겨 갔다는 것도."

텅 비어 버린 트럭을 보면서 그들은 눈을 찌푸렸다.

"이거 어쩌냐."

예상치도 못한 상황에 그들은 아무런 말도 할 수가 없었다.

끝난 줄 알았는데

늦은 밤. 노형진은 자신을 찾아온 사람 때문에 당황했다.

어지간하면 당황하지 않는 그였지만 찾아온 사람을 보고 당황하지 않을 수가 없었다.

"사고를 아주 초대형으로 치셨네요."

"누구신지?"

노형진이 당황한 이유. 그건 그 사람이 누군지 모르기 때문이다.

물론 단순히 모르는 사람이라는 이유만으로 당황한 건 아니다.

사건이 벌어진 후에 호텔은 최고 경비 상태로 돌아갔고, 특히 표적이 되었던 노형진에게는 상시 경비와 더불어 경호원이 붙었다.

그런데 그들이 이 남자를 통과시켜 준 것이다.

"FBI 존 웨인 요원입니다."

자신의 신분증을 내미는 남자를 보고 노형진은 그를 어디서 봤는지 기억이 났다.

"당신은 그때 도박장에서……?"

"기억나셨나요?"

"그날 저와 이야기한 사람은 당신뿐이니까요."

노형진이 그 도박장에 처음 들어갔을 때 친밀하게 말을 건네던 남자. 그가 노형진 앞에 있었다.

"도대체 여기서 뭐 하고 계신 건지 모르겠군요."

"당신이 우리 작전을 망쳤습니다."

"망쳤다고요?"

"그래요. 그 망할 놈들을 잡을 기회였는데 모조리 잠수 타게 생겼잖습니까!"

이를 박박 갈며 말하는 존 웨인.

노형진은 그 말이 이해가 가지 않았다.

"그게 무슨 말입니까, 작전을 망쳤다는 게?"

"우리가 그놈들을 잡기 위해 얼마나 공을 들였는지 아십니까? 우리가 그런 미친놈들이 있다는 걸 정말 몰랐을 거라 생각하십니까?"

존 웨인의 말에 노형진은 일단 이야기를 해 봐야 할 것 같다는 생각이 들었다.

"일단 들어오시죠. 아니면 나가시든가요."

"뭐요?"

"당신들이 그 작전을 나한테 통지한 것도 아니고, 나도 나름대로 싸운 겁니다. 아니면 제가 거기서 총 맞아서 죽었어야 했나요?"

"그건 아니지만……."

"사정을 들어 보고 일단 상황이나 파악해 봅시다."

노형진은 문을 제대로 열고 비켜 줬고, 존 웨인은 노형진의 방으로 들어와서 소파에 앉았다.

"도대체 무슨 소리인지 들어 보기나 하고 싶군요."

"당신이 제시를 도와주기 위해 벌인 일이 블랙우드의 수뇌부를 건드려 났습니다. 그 망할 놈들을 잡기 위해 무려 3년이나 이 작전에 공을 들였는데 말입니다."

"으음……."

노형진은 입맛을 다셨다.

한국은 이런 경우가 별로 없지만 미국은 스파이가 그 조직에 숨어들어 가는 경우가 종종 있다.

그럴 수밖에 없는 게, 한국과 비교도 못 할 만큼 미국의 갱단은 화력이 강하고 또 위험하기 때문이다.

한국의 조폭이나 범죄 조직은 뻔한 수준이지만 미국의 제대로 된 범죄 조직 같은 경우에는 전쟁은 못해도 게릴라전 정도는 할 수 있는 규모의 곳도 있으니까.

"우리가 그곳을 치려고 3년을 노력했습니다. 그런데 당신이 그들을 건드리는 바람에 모조리 움츠러들고 있단 말입니다."

따지듯 말하는 존 웨인.

하지만 노형진은 담담하게 되물었다.

"그걸 왜 나한테 따집니까?"

"뭐요?"

"엄밀하게 말해서 그런 작전이라는 것도 전 영 마음에 안 듭니다. 보아하니 3년이나 그곳에 있었다는 소리인데, 거기에서 무슨 일이 벌어지는지 3년이나 그냥 두고 봤다고요?"

"우리는 블랙우드의 수뇌부를 노리고 있었습니다."

"웃기는군요."

노형진은 피식 웃었다.

"그 말 지금 실수한 거 압니까?"

"뭐요?"

"당신들은 3년간 그 미친놈들이 어린아이들을 데려다가 범죄를 저지르는 걸 눈 똑바로 뜨고 보고 있었지요."

"그래서요?"

"만일 그 피해자의 부모들이 그걸 알면 어떻게 될까요? 소송의 천국인 미국에서 그게 뭔 의미인지 모르지는 않을 텐데요?"

존 웨인은 움찔했다.

그도 노형진이 뭘 말하는지 알아차린 것이다.

"물론 실적이 중요한 건 압니다. 하지만 애들을 그렇게 방치하고 신고도, 아니 구출 작전도 안 해요? 연방 요원이라는 사람이?"

"아니, 그건⋯⋯."

따지러 왔다가 도리어 역습당한 존 웨인은 뭐라고 말을 하지 못했다.

"당신이 우리 작전을⋯⋯."

"그러니까 난 당신네 작전 따위는 모른다고요. 세상을 살면서 별의별 일이 다 있는데 내가 모르는 작전이 있을 가능성 따위 따져 가면서 그냥 총 맞아 죽으라는 소리입니까?"

"끄응⋯⋯."

존 웨인은 말을 못 했다.

확실히 노형진의 말대로 그가 욱해서 찾아오기는 했지만 FBI가 한 건 어떻게 보면 상당히 나쁜 짓이었다.

"다른 성인 범죄라면 이해라도 해요. 그런데 이 애들은 어린애들입니다. 이야기를 들어 보니 열네 살짜리도 있었다는데, 그걸 알면서 그 잘난 작전이라는 말로 변명을 해요? 미쳤습니까?"

노형진의 말에 존 웨인은 머리를 부여잡았다.

"나라고 뭐 그러고 싶어서 그런 줄 압니까? 위에서는 어떻게 해서든 그들을 잡으라고 난리를 쳤단 말입니다."

'그렇지. 내가 이래서 정부 조직을 못 믿어.'

정부 조직, 특히 이러한 정보 조직들은 아주 대놓고 대를 위한 소의 희생을 묵인해 버린다.

아니, 아예 돌아보지도 않는다.

"블랙우드의 보스가 누군지 아십니까? 윌리엄 게리엇입니다."

"난 그놈이 누군지도 몰라요."

"최소 서른 건의 직접적인 살인과 예순 건 이상의 살인 명령을 내린 교사범이라고 생각하고 있습니다."

"그냥 미친 살인광입니까?"

"그런 놈이라면 우리가 이렇게 미친 짓도 안 합니다."

윌리엄 게리엇은 이 지역, 아니 이 주변을 꽉 쥐고 있는 어둠의 주인이다.

단순히 어둠의 주인 정도가 아니라 이 지역 시장에서부터 경찰서장까지 모조리 갈아 치울 수 있는 인간이다.

"공식적으로는 이 지역에서 잘나가는 사업가죠."

하지만 그건 공식적인 면이다.

정확하게 표현하자면, 그의 경제 사업을 건드리는 사람은 그게 누구가 되었든 망할 수밖에 없다.

윌리엄 게리엇이 일을 잘해서?

아니다. 주변에서 들어오는 압박도 압박이지만 정체 모를 화재나 사망 사고가 발생하기 때문이다.

"그 미친놈이 이 지역을 완전히 통제하고 있습니다."

"그걸 FBI가 그냥 둔다고요?"

"잡고야 싶지요. 하지만 그게 안되니까 문제인 거 아닙니까!"

그는 철저하게 양심적인 사업가의 면모를 보이고 있다.

"그 도박장이 외부에 드러나 있는 거의 유일한 범죄 라인이란 말입니다!"

마약 라인이나 살인 같은 건 너무 빡빡하게 관리되고 있어서 요원이 들어갈 방법이 없다는 것이다.

"애초에 그 미친놈이 이 지역 경찰은 모조리 알아서 스파이를 심는 것도 불가능하고요."

결국 어쩔 수 없이 FBI에서 작전을 시작했고 존 웨인은 3년간 손님인 척하면서 계속 들락날락했다고 했다.

"아니, 고작 손님으로 뭘 하려고요? 그리고 손님이면, 좀 잠잠해지면 다시 들어갈 수 있지 않습니까?"

"직원으로 들어간 요원이 있었습니다."

어찌어찌해서 두 명이 직원으로 들어갔는데 존 웨인은 그들의 연락책이었다.

외부에서 만나는 것은 그들 때문에 위험하지만 등잔 밑이 어둡다고, 아예 그들의 마당인 도박장에서 만나는 건 어렵지 않았던 것이다.

"그 안에서 돈으로 꾸며진 지령서와 증거 필름을 주고받아 왔습니다."

"허⋯⋯."

사실 생각해 보면 불가능한 일도 아니다.

미국은 팁 문화가 바탕에 깔려 있었으니 직원에게 돈을 주는 건 흔한 일이다.

그러니 그렇게 지령서를 받고 거스름돈 같은 걸 받으면서 작은 필름 같은 것도 받을 수 있을 것이다.

아무리 블랙우드가 감시를 한다고 해도 그들의 통제에서 벗어나지 않고 집 안에서만 생활하는 그 두 사람을 의심하기는 쉽지 않을 테니까.

"조금만 더 접근하면 수뇌부였는데."

하지만 이번 일이 터지면서 도박장은 폐쇄되었단다.

당연하게도 거기서 일하던 사람들은 모조리 해직 처리.

돈도 안 들어오는데 그걸 유지할 사람은 없으니까.

다시 시작한다고 해도 복직될지도 모르고, 복직된다고 해도 다시 그들에게 접근하는 게 쉽지는 않게 될 것이다.

"흥."

하지만 노형진은 코웃음을 쳤다.

"왜 웃습니까?"

"제가 바보로 보입니까?"

"뭐라고요?"

"당신이 말한 걸 조금만 보면 그 사건의 진척 상황을 알 수 있지요."

노형진은 차갑게 말했다.

존 웨인이 공들인 걸 수포로 돌린 게 미안하지 않은 것은 아니다.

하지만 그가 노형진을 공격하기 위해 한 말이 도리어 노형진에게는 많은 정보를 주었다.

"누가 시키던가요? 지국장? 저를 압박해서 협조를 얻어내라고?"

"무슨 말입니까?"

"당신 스스로가 그러지 않았습니까, 해직당했다고."

"그래서요?"

"핵심 정보를 얻을 수 있는 지위까지 올라갈 수 있는 사람이었다면 해직 따위는 당하지 않았겠지요."

존 웨인은 움찔했다.

"기껏해야 그 안에서 서빙하는 정도나 입구에서 경비 서는 수준이었겠네요."

그렇다면 그 안에서 벌어지는 성매매와 미성년자 범죄에 대한 것은 충분히 모을 수 있을 것이다.

그러니 그걸 줬을 테고.

"하지만 정작 윌리엄 게리엇에 대한 정보는 전혀 없었을 테지요."

"그걸 당신이 어떻게 압니까!"

"어떻게 해서든 잡고 싶다면서요? 뭐라도 나왔다면 벌써 잡았겠지요."

존 웨인은 순간 당황했다.

그는 상대방을 압박하기 위해서 그렇게 말했을 뿐인데 노형진은 그것만 가지고 모든 것을 다 읽어 낸 것이다.

"딱 봐도 대충 나오네요."

어떻게든 잡기 위해 수년간 노력했다.

하지만 정작 FBI는 제대로 된 정보는 얻지 못했고 가능성이 보이지도 않는 상황.

"그런데 저라는 존재가 나타났지요."

하룻밤의 도박으로 노형진은 블랙우드뿐만 아니라 윌리엄 게리엇의 재산까지 모조리 털어 버릴 수 있는 채권을 만들어 냈다.

"그러니 절 압박해서 협조를 얻어 내 볼까 하는 게 계획 아닙니까?"

"아닙니다."

존 웨인의 아니라는 말에 노형진이 피식 웃었다.

"이럴 때는 '아닙니다.'라고 하는 게 아니라 '모릅니다.'라고 해야지요."

"뭐요?"

"'아닙니다.'라는 말은 당신이 상부의 계획을 알고 있다는 전제하에나 가능한 말이니까."

"아……."

순간 존 웨인의 얼굴은 똥 씹은 표정이 되었다.

노형진은 그런 그에게 냉장고에 있던 맥주 하나를 건네줬다.

"뭐, 저도 그놈들이랑 같이 가지는 못할 상황이니 당신들을 돕는 건 어렵지 않습니다. 그쪽 계획이 마음에 든다면 말이지요."

"당신……."

존 웨인은 눈을 찌푸렸다.

수년간 요원으로 활동했지만 마치 누군가의 손바닥 위에서 놀아나는 것처럼 느끼는 건 처음이었다.

"왜요? 제가 다 알고 있으니까 기분이 좀 나쁘신가요?"

"하, 그다지 좋은 기분은 아니군요."

살짝 눈을 찌푸린 존 웨인은 맥주 캔을 따서 쭈욱 들이켰다.

"툭 터놓고 말하지요. 미스터 노, 당신의 계획은 뭡니까?"

"역시 제 이름을 알고 계시네요. 전 이름을 말한 적이 없는데."

"끄응."

그러고 보니 그는 노형진으로부터 이름을 들은 적이 없었다.

"아, 이런 실수를……."

"뭐, 드러난 상황이니 어쩔 수 없지 않습니까?"

노형진은 어깨를 으쓱하며 말했다.

"일단 내가 가진 채권으로 그 아이들의 채권을 상계해 줄 생각이었습니다."

"그것만으로 풀려날 수는 없는 상황이라는 건 아시죠?"

"알지요."

노형진은 어깨를 으쓱했다.

그것만으로 풀려날 상황이었다면 습격을 기다리지도 않았다. 그냥 바로 현장에서 거래를 해 버렸지.

그랬다면 그곳을 관리하던 관리자는 어쩔 수 없이 그걸 받아들이는 척했을 것이다.

"하지만 그 이후에는 나도 그 아이들도 다 죽이려고 했을 테고요."

"으음."

"그래서 그 조직을 날려 버리려고 한 겁니다. 물론 윌리엄 게리엇이라는 놈에 대해서는 몰랐지만."

노형진이 아는 것은 딱 리토라는 인간에 대한 것뿐이었다.

'엠버가 실수를 했네.'

하지만 딱히 그녀의 실수라고 보기도 어렵다.

FBI가 3년이나 공을 들여서 조직 내 스파이까지 심어 가면서 잡으려고 하는 놈이라면 일반적인 정보 라인으로는 그 존재를 잡기 힘들 게 뻔하니까.

더군다나 존 웨인은 윌리엄 게리엇이 이 지역에서 유명한 사업가라고 했다.

그렇다면 더더욱 일반적인 정보 라인으로는 얻기 힘든 정보다.

'뭐가 이렇게 복잡해지는 건지. 하긴 단순 폭력 조직이라면 이 정도로 정치권에 선이 닿아 있기 힘들기는 하지만.'

이것이 법이다

노형진은 입맛을 다시며 말했다.

'더군다나 이런 일이 뉴스에 나오지 않을 리 없단 말이지.'

노형진은 단순히 그들의 말만 믿고 그들이 실패한 거라 생각하지 않았다.

정확하게 말하면 그들이 말하는 사건, 아니 그들이 말하는 윌리엄 게리엇이라는 남자에 관련된 사건이 회귀 전 기억에 없었기 때문이다.

그가 본 것만 해도 어마어마한 사건이다.

그런데 그럼에도 불구하고 그런 사건에 대해 들어 본 적도 없고 심지어 교재에서도 본 적이 없다.

그 말은 이 작전이 결국 실패로 끝났다는 거다.

'그리고 그 결과는 최악일 가능성이 높아.'

왜냐하면 지금 당장 아동 성범죄만으로도 충분히 미국 전역을 뒤흔들 만한 사건이니까.

'그렇지만 그런 것도 없어.'

윌리엄 게리엇이 아니라 아동 성범죄 사건이라도 나와야 하는데 없다는 건, 단순 실패가 아니라 아예 발각되었다는 거다.

사실 원래 역사에서는 스파이로 들어갔던 요원이 발각되면서 다른 요원과 존 웨인은 살해당하는 걸로 끝난다.

그리고 그들이 제출했던 증거는 어디선가 사라져 버리고 말이다.

당연하게도 윌리엄 게리엇은 두 번은 실수하지 않기 위해 그 도박장을 폐쇄해 버리고 거기에 잡혀 있던 여자들을 모조리 죽이는 걸로 사건을 마무리했다.

다만 이번에는 노형진이 끼어듦으로써 생각지도 못한 변수가 발생한 것이다.

"제가 그렇게 머리가 좋은 놈이었다면 그렇게 섣불리 증거도 남기지 않겠거니와 그쪽으로는 절대로 직접적인 라인을 연결하지 않을 겁니다."

"그건……."

"아마 당신들이 말하는 블랙우드와 윌리엄 게리엇과의 관계도 추정한 것일 테지요?"

"후우. 당신, 아니 미스터 노는 모든 걸 다 알고 들어온 겁니까?"

"윌리엄 게리엇에 대해서는 지금 처음 들어 봤다니까요."

"그런데 다 안다고요?"

"상황을 보면 그걸 유추하는 건 어렵지 않지요."

노형진은 맞은편 소파에 앉아서 느긋하게 말했다.

"저를 습격했던 놈들은 1급 살인미수가 될 테지만 피해자가 전혀 없으니 강한 처벌은 받지 않을 테고, 당연하게도 절대 입을 열지 않을 테죠."

노형진은 어깨를 으쓱했다.

"안 그런가요?"

"그건⋯⋯."

"공식적인 습격 이유는 제가 카지노에서 돈을 엄청나게 많이 딴 걸 알고 절 습격해서 돈을 빼앗기 위해서가 되겠네요. 안 그렇습니까?"

"진술에 참가한 겁니까?"

"아니요."

노형진은 어깨를 으쓱했다.

"그들은 카지노와의 관계를 부정해야 하니까요."

애초에 불법 도박장이니 그들의 근무 기록 같은 게 남아 있을 리 없다.

거기에다 직원이 손님을 그렇게 습격했다는 걸 알면 나머지 손님들도 떨어져 나갈 건 당연한 일.

"그러니 자기들이 알아서 한 걸로 스스로 뒤집어쓰는 수밖에요."

안 그러면 죽을 테니까.

"그들을 자극해서 엮으려고 한다면 그건 무리일 겁니다, 존 웨인 요원."

"이쯤 되면 당신이 우리 조직에 스파이를 심은 게 아닌가 의심해야겠군요."

"저에 대해 이미 들어 보셨을 텐데요? 다른 지부에서 하는 말이라서 그다지 믿음이 안 갔나 보네요."

"쯥."

존 웨인은 수긍할 수밖에 없었다.

그도 찾아오기 전에 노형진에 대해 조사를 했다.

하지만 노형진의 행동과 결과가 하도 허무맹랑해서 무슨 말도 안 되는 소리인가 싶었다.

그런데 만나 보니 채 10분도 안 되는 대화를 가지고 사건의 진행 상황까지 파악해 냈다.

"그래서 제가 뭘 어떻게 해 주기를 바랍니까?"

노형진은 느긋하게 물었다.

일이 좀 커지기는 했지만 노형진의 최종 목적이 사라진 것은 아니었다.

'블랙우드의 소멸.'

그래야 그와 드림 로펌이 안전하게 활동할 수 있게 된다.

"본래 우리는 그 채권을 가지고 건물을 압류하는 게 목적이었습니다."

영장을 신청해서 압류하기에는 감시자들이 너무 많다.

미국 역시 형사와 민사 양쪽이 명확히 구분되는데 형사 쪽의 경우 FBI나 경찰이 영장을 신청하는 족족 정보가 계속 새어 나갔기 때문이다.

"하지만 민사는 아니죠."

애초에 그들이 민사를 두려워할 이유가 전혀 없었기 때문에 민사소송은 관리되지 않고 있을 거라고 생각한 게 상부의 결정이었던 것이다.

"그럼 차라리 도와 달라고 하지 그러셨습니까?"

"아무래도 상대방이 상대방이다 보니……."

무슨 소리인지 알 것 같았다.

작은 갱단도 아니다. 한 지역을 이 정도로 쥐고 흔드는 사람을 상대해야 하는 일이라면 쉽게 도와주지 않을 거라 생각한 것이다.

"애초에 같은 하늘 아래에 못 사는 건 결정된 겁니다만?"

"그건 모를 일이지요."

돈만 모른 척해 준다면서 사실 윌리엄 게리엇 입장에서는 굳이 노형진을 죽이려고 덤빌 이유가 없다.

고객들에게도 소문이 안 좋게 날 뿐만 아니라 거기서 잡혀 버린 네 명의 경우는 사실 언제든 대체할 수 있는 놈들이니까.

"그래서 저를 압박할 거다 이거군요."

"네."

노형진은 살짝 미소를 지었다.

"만일 그것보다 훨씬 좋은 방법이 있다면 어떻게 하시겠습니까?"

"뭐라고요? 그게 무슨 말이지요?"

존 웨인은 눈을 크게 떴다. 그의 계획보다 더 좋은 방법이라니.

"솔직히 말씀드리자면, 제가 그 압류를 도와준다고 해도 그 안에 증거가 있을 것 같지는 않습니다."

그들이 멍청이도 아니고, 그런 걸 서류나 컴퓨터에 남겨놓을 가능성은 없다.

더군다나 노형진이 가지고 있는 것은 채권이다. 수색영장이 아니라.

"당연히 제가 가지고 올 수 있는 것은 물건이나 컴퓨터 같은 것뿐이지요."

장부나 서류는 노형진이 가지고 올 수가 없다.

"그리고 수색영장과 다르게, 아무리 빨리 진행된다고 해도 결국 경매라는 절차를 거쳐야 합니다."

물론 그걸 빼돌릴 수는 없다. 일단 물건에 딱지가 붙어 버리니까.

"하지만 그 안에 있는 내용을 삭제하기에는 충분한 시간이지요."

"아무리 그들이 포맷을 해도 복구 팀이 붙으면 살릴 수 있습니다."

"만일 하드를 갈아 끼우면요?"

"그건……."

"아니면 아예 새로운 파일로 뒤집어씌워 버리면요?"

"……."

"초강력 자석으로 하드를 긁어 버리는 방법도 있지요."

하드나 컴퓨터를 복구하지 못하게 하는 방법은 많다.

그런 것 하나만 쓰면 아무리 전문가가 와도 복구할 방법은 없다.

"다급한 건 알지만 너무 뻔한 방법이네요."

존 웨인은 살짝 눈을 찡그렸다.

다급한 상황에서도 나름 머리를 쓴 것이기 때문이다.

"물론 장기 작전을 하면 찾을 수도 있겠지만."

'아니, 안 될걸.'

그들이 그렇게 순순히 잡힐 만한 놈들이었다면 노형진이 알고 있어야 한다.

"저라면 다른 방법을 찾겠습니다."

"다른 방법?"

"네. 엄밀하게 말해서 최종 타깃이 윌리엄 게리엇인가요, 아니면 그 이상인가요?"

"그건……."

"설마 그 꼴을 보고도 고작 윌리엄 게리엇 하나 잡고 끝내겠다는 소리를 하실 건 아니겠지요?"

"끄응…… 그렇지요."

노형진의 말에 존 웨인은 고개를 끄덕거렸다.

지금까지 그도 별별 꼴을 다 봤지만 어린아이들에게 그렇게 성매매를 시켜 돈 버는 미친놈들을 좋게 볼 수는 없었으니까.

"그를 잡았을 때 얼마나 큰 파란이 일어날지 모르지는 않을 테고요."

"아마 도시 하나가 쑥대밭이 될 겁니다."

그가 현장에서 본 것만 전 시장과 현 시장 그리고 경찰서장 등등 어지간한 권력자들 전부다.

당연하게도 그들을 잡기 위해 윌리엄 게리엇을 노리고 있는 거고 말이다.

하지만 노형진의 다음 말에 그는 순간 정신이 멍해졌다.

"그러면 반대로 잡아도 되는 거 아닌가요?"

"반대로요?"

"네. 윌리엄 게리엇을 먼저 잡아서 그들을 잡는 게 아니라 정치권을 먼저 치고 나서 윌리엄 게리엇을 잡아도 되는 거 아닙니까?"

"그게 가능할 리 없지 않습니까? 그들이 왜 윌리엄 게리엇에게 연락을 한단 말입니까?"

그들을 잡는다면 뇌물이나 비리 등의 명목일 것이다.

그런데 그건 윌리엄 게리엇과는 하등 관계가 없는 일이다.

"압니다. 일반적으로는 그렇지요. 하지만 윌리엄 게리엇과 관련된 일이라면 어떻게 될까요?"

"그게 무슨 말입니까?"

"제가 아까 그랬지요, 그 돈으로 상계 처리해서 아이들을 구해 줄 거라고."

"그랬지요. 물론 그것만 가지고는 안 될 거라고 제가 분명 말씀드렸습니다만?"

노형진은 고개를 끄덕거렸다. 분명 그랬다.

"하지만 중요한 건 그게 아니죠. 정치권 인사들과 윌리엄 게리엇이 만났다는 거죠."

"무슨 말씀이신지?"

"만일 그 애들을 제가 꺼내 온다면 그 사람들은 어떻게 반응해야 할까요?"

"그건……."

존 웨인은 잠깐 침묵을 지켰다.

그의 머릿속에서는 수많은 생각이 오갔고 모든 가능성을 확인했다.

그리고…….

"그들은 윌리엄에게 연락을 하지 않을 수가 없겠군요."

"맞습니다."

노형진은 카지노에 채권이 있다.

그리고 빚이라는 것도 채권의 하나이며 당연하게도 그 권리 역시 거래되는 대상이다.

"제가 그들이 가진 채권을 모조리 구입, 아니 압류하는 겁니다."

"채권을 압류한다고요?"

"네. 뭐, 결과는 똑같아지겠지만요."

노형진은 도박으로 딴 돈을 진짜로 받을 생각이 없다.

그렇게 돈을 벌 거였다면 이곳이 아니라 진짜 라스베이거스로 갔을 것이다.

"하지만 뭐가 달라지는 거죠?"

"내가 그 돈을 탕감해 주고 구해 준다면 뭔가를 요구할 수가 없지요."

하지만 노형진이 그 채권을 가지고 온다면, 그리고 그 채권의 탕감을 조건으로 내건다면?

"여러 가지 진술을 받을 수 있겠지요."

단순히 미성년자들뿐만이 아니다.

그곳에서 있던 손님들, 그곳에서 일했던 사람들 등.

'그들은 빚을 가지고 사람들을 통제해 왔어.'

노형진은 그걸 확실하게 인식하고 있었다.

반대로 말하면 채권을 모조리 가지고 온다면 사람들을 통제하는 것은 그가 된다는 소리다.

"윌리엄 게리엇이라는 자, 분명 그는 어지간하면 흔적을 남기지 않았을 겁니다. 사로잡힌 놈들이 진술할 가능성도 낮고요."

"하지만 이해가 안 가는데요?"

존 웨인은 노형진의 계획이 얼핏 이해가 가지 않았다.

"그곳에서 모든 걸 본 사람들이라고 해도, 그들의 진술에 윌리엄 게리엇에 관한 이야기는 전혀 없을 겁니다."

실제로 존 웨인이 그 도박장에 들락날락한 3년 동안 윌리엄 게리엇이 찾아온 경우는 단 한 번도 없다.

심지어 아예 직원으로 일하는 요원들조차도 그를 본 적이 없다고 이야기했다.

"그를 노리는 게 아니니까요."

"그러면요?"

"그들이 본 일반 손님을 노리는 거지요."

노형진은 눈을 반달로 하며 웃으며 말했다.

"인간은 대부분 비슷한 생각을 합니다. 특히 위험한 경우에는 거의 같은 반응을 합니다. 소위 말하는 방어기제 같은 거지요."

"방어기제?"

"범인은 현장에 다시 돌아온다는 말, 수사관이시니 아실 테지요?"

존 웨인은 고개를 끄덕거렸다.

그건 한국에서만 통용되는 말이 아니다.

실제로 많은 범인들, 특히나 경험이 없는 범인들이 그러는 경우가 많다.

혹시나 자신이 증거를 떨어트렸을까 두렵기 때문이다.

"이건 딱히 증거가 없습니다."

"하지만 증언은 있지요. 정확하게 말하면 증언할 가능성이 아주 충분한, 그런 사람들이 있지요."

그곳에서 유력 정치인들을 본 사람들, 직원, 또는 도박판에 끼어든 채권자, 채무자 등등.

"만일 그들 중 일부가 제가 제시한 조건을 받아들이고 누가 거기에 있었는지 말한다면 어떻게 될까요?"

존 웨인의 눈썹이 살짝 올라갔다.

"윌리엄 게리엇은 못 잡겠지만 그곳에 손님으로 온 놈들은 잡을 수 있겠네요."

물론 그 수는 많지 않을 것이다.

단순히 증언만 가지고 무조건 기소하기에는 그들의 권력이 너무 어마어마하니까.

"증인들이 많으니 어떻게 기소는 되겠습니다만……."

특히나 아동 성범죄자 놈들은 박멸할 수 있을 것이다.

"하지만 그런다고 해도 윌리엄 게리엇을 체포할 방법은 없는데요?"

"아까 말했지요, 범인은 현장에 돌아온다고. 비상 상황이 되면 그들은 가장 먼저 무엇을 하려고 할까요? 만일 제가 그들이라면 당연히 그에게 전화해서 관련 증거가 있는지 확인하고 그 증거를 폐기해 달라고 할 겁니다."

존 웨인은 뭔가에 머리를 맞은 듯 멍한 표정이 되었다.

"그…… 그런……."

윌리엄 게리엇을 통해 그들을 잡는 게 아니라 반대로 그들을 통해 윌리엄 게리엇을 잡는다는 건 전혀 생각해 보지 못한 일이니까.

"당연한 거지요."

지금까지 대부분의 사건은 범죄자를 잡고 그 기록을 가지고 정치인을 건드리는 방식이었으니까.

　하지만 굳이 그럴 필요가 있는 것은 아니었다.

　"그들은 어찌 되었건 범죄자입니다. 특히나 아동 성범죄자들의 경우는 어지간하면 영장이 나오지요."

　적당한 사유가 있으면 도청 장비를 허가받는 것은 어려운 일이 아니다.

　어찌 되었건 FBI는 미국 최대의 정보 조직이니까.

　"영장이 나온 도청은 합법이지요."

　그리고 그 도청 내용으로 윌리엄 게리엇과 그들의 연관 관계를 확증할 수 있다.

　당연하게도 그러면 윌리엄 게리엇은 벗어날 방법이 없어진다.

　"그런 방법은 전혀 생각해 보지 못했네요."

　"아이들을 빼내는 게 우선이라는 생각도 하지 않으셨으니 당연합니다."

　"으음……."

　존 웨인은 자신, 아니 FBI의 실수를 인정할 수밖에 없었다.

　애초부터 아이들을 구출하는 방향으로 나갔다면, 어쩌면 이 모든 게 벌써 끝났을지도 모른다.

　"그러면 바로 그 채권을 구입해야겠군요."

　노형진은 고개를 흔들었다.

"그 전에 도청 준비를 해야지요. 아이들이 대량으로 나오는 순간 전화통을 붙잡고 소리 지를 사람들이 참 많을 테니까요."

존 웨인이 씩 하고 웃었다.

"걱정하지 마십시오. 그런 건 우리가 전문이니까요."

"그렇지요. 그런 게 당신들 전문이지요."

노형진은 왠지 반갑지 않다는 얼굴로 미소를 지을 뿐이었다.

⚖

노형진은 법원을 통해 바로 압류 신청을 했다.

당연하게도 일반적인 경우라면 이러한 압류를 하는 경우 그 기간이 상당히 오래 걸린다.

"역시나."

노형진이 다시 그 도박장에 갔을 때 문은 굳게 잠겨 있고 안은 텅 비어 있었다.

당연하게도 그 안에서 돈이 될 만한 것 중에서 옮길 수 있는 것은 모조리 사라진 후였다.

"어떻게……?"

함께 온 존 웨인은 당황해서 안을 둘러봤다.

모든 것을 기밀로 했다. 그리고 압류 역시 철저하게 같은 편의 판사를 통해 진행되었다.

물론 문을 닫고 있을 수는 있지만, 그렇다고 해서 이렇게 다 가지고 나갔을 거라고는 생각도 못 했다.

"컴퓨터도 없군요."

"말씀드렸잖습니까, 바보가 아니라고."

그들이라고 해서 FBI가 어떻게 나올지 예상을 못 할 리 없다.

아니, 윌리엄 게리엇 같은 지능형 범죄자들은 대부분 수사 기관의 방식을 예측하고 방어한다.

그러지 않으면 어느 순간 자신이 잡혀갈지 모르니까.

"컴퓨터를 압류해서 정보를 캐낸다고요?"

노형진은 당황하는 존 웨인을 보고 피식 웃었다.

"그게 가능할 리 없지요."

일반 기업도 문제가 생기면 가장 먼저 하는 게 바로 컴퓨터 바꿔치기다.

"으음…… 확실히 그렇기는 하네요."

존 웨인도 인정할 수밖에 없었다. 자신들의 생각이 오산이었음을.

"하지만 압류 대상은 상황이 좀 다르죠."

노형진은 느긋하게 말했다.

"신분 확인은 되어 있을 텐데요?"

"그렇지요."

이미 그들이 3년간 일한 사람들에 대한 신분 조사를 끝내 놨다.

그 정도는 FBI에 어려운 일은 아니었다.

다만 그들을 윌리엄 게리엇과 연관시키는 게 힘들 뿐.

"하지만 여전히 문제가 있습니다."

존 웨인은 사실대로 말하기로 했다.

현 상황에서 모든 계획은 노형진의 도움이 없으면 진행이 불가능하니까.

"아직 잡혀 있는 아이들의 위치는 모르고 있습니다."

"그건 제가 알고 있습니다."

이미 알고 있다.

도박장의 여자들이 비키니를 입고 일하던 이유?

그게 단순히 손님들의 눈요기만을 위해서일까?

아니다. 비키니에는 주머니가 없고, 당연하게도 누군가 외부에서 통신할 수단을 준다고 해도 감출 수가 없다.

다른 일반 직원은 모르지만 그곳에 있던 여자아이들은 출퇴근시킬 리가 만무하다.

"아마도 합숙하던 곳도 바꾸었을 겁니다."

예상으로는 이 건물의 지하에서 관리하고 있을 거라 추정하기는 했다.

하지만 지하에 접근할 방법이 없었기에 추정일 뿐이다.

"하지만 이렇게 문이 잠겨 있는데 그 지하에 아이들을 둘리 없지요."

결국 다른 곳으로 아이들을 대피시켰을 거라 생각하는 것은 어려운 일이 아니다.

"그건 제가 해결할 수 있습니다."

"어떻게요?"

"그건 비밀입니다."

노형진이 그걸 감안하지 못할 리 없다.

애초에 그들의 빚을 탕감한다는 조건에는 그 아이들을 구한다는 조건이 붙어 있다.

당연하게도 현장에서 데리고 올 수도 있지만 가서 구해야 한다는 조건 역시 붙어 있다.

"제가 누구인지 잊고 계신가 보군요."

"끄응…… 그렇군요."

미다스의 한국, 아니 이제는 아시아 대리인. 그게 노형진이다.

그리고 어떤 면에서 미다스의 정보력은 FBI의 정보력을 능가한다는 게 그들의 판단이다.

"그들이 당연히 아이들을 대피, 아니 이 경우는 숨긴다고 표현하는 게 맞겠군요. 하여간 그럴 거라 생각했습니다."

"그런데 그들을 어떻게 추적하실 생각입니까?"

"이미 보고 있었지요. 그들이 이곳을 비우는 걸 말이지요."

"뭐라고요?"

존 웨인은 깜짝 놀랐다.

"이게 국가 정보 조직과 개인의 차이지요."

국가조직은 모든 걸 허락받고 움직여야 한다.

아무리 FBI라지만 독단적으로 감시하라고 할 수는 없다.

"하지만 전 아니죠."

물론 불법이기는 하지만 돈만 준다면 그걸 할 사람은 넘친다.

"애초에 일이 터지기 전부터 이곳을 감시하고 있었지요."

"으음……."

존 웨인은 입맛을 다셨다.

"우리도 여기에 인원을 배치할 수 있다면 좋으련만."

"시대가 바뀌었으니까요."

고전처럼 그냥 사람이 붙어 있을 필요가 없다.

그냥 원거리에 카메라 하나만 붙여 두면 된다.

물론 그들의 움직임을 따라가는 것이 문제이기는 하지만 말이다.

"하지만 그들이 움직이는 방향과 차량 번호 같은 건 충분히 확인할 수 있지요."

그리고 그걸 알고 있으면 뒤에서 조용히 추적하는 건 어렵지 않다.

이미 그렇게 해서 그들을 습격했고 말이다.

"그들은 FBI의 움직임을 다 읽고 있다고 생각했겠지요. 하지만 그들이 보는 건 FBI일 뿐이었지요."

노형진은 그들에게 있어 허점이었다.

자세한 상황을 모르는 그들은 노형진이 그저 채권자인 것으로만 알고 있으니까.

물론 그를 죽이려고 하기는 했지만, 반대로 노형진이 자신들을 관찰하고 있을 거라고는 생각도 못 했을 것이다.

노형진은 존 웨인에게 슬쩍 주소를 하나 건넸다.

"여기로 가시면 됩니다."

"여기는?"

"다른 도시에 있는 호텔입니다. 그쪽에서 제가 '구출'한 아이들을 비밀리에 보호하고 있습니다."

"구출?"

"네, 구출이지요. 물론 그 과정에서 약간의 무력 충돌이 있었습니다만."

노형진이 눈을 찡긋하자 존 웨인은 기가 막혔다.

"그 정도는 수습해 주실 수 있겠지요?"

"허, 도대체 어디까지 준비를 해 두신 겁니까?"

"사실은 거기서 끝일 줄 알았지요."

그렇게 구출한 아이들을 데리고 인터뷰만 하면 끝날 줄 알았다. 그때만 해도 윌리엄 게리엇이라는 존재 자체를 몰랐으니까.

"일단 상황이 좀 커지기는 했지만 말이지요."

"그런데 그럴 거면 차라리 아이들을 데리고 오는 게 맞지 않습니까?"

그렇게 되면 노형진은, 정확하게 드림 로펌은 미국의 영웅이 된다. 장기적으로 보면 그게 맞다.

"설마 윌리엄 게리엇이 무서워서 그러시는 건 아닌 것 같고."

"뭔가를 무서워하는 상황에서는 아무 일도 못 하는 법입니다."

"그런데 왜……?"

"나가면서 이야기하지요."

빈 건물에서 돌아 나온 노형진은 존 웨인과 함께 차에 타고 움직이며 차분하게 말했다.

"일단 가장 큰 이유는 윌리엄 게리엇 때문입니다."

"아니, 아까는 안 무섭다면서요?"

"정확하게 말하면 그들이 무섭지는 않습니다. 하지만 그와 붙어먹은 인간들이 문제지요."

"이해가 안 가는데요?"

"이 사건의 핵심은 FBI가 그 아이들을 구출하는 데에 있습니다. 만일 우리가 그 아이들을 구출하고 보호하고 있다고 하면 우리에게 어떤 압력이 들어올지 예상이 가십니까?"

"아……."

존 웨인은 아차 싶었다.

그들의 힘이 얼마나 강할지 모르지만 FBI에 대놓고 압력을 행사하지는 못할 것이다.

"하지만 우리 드림 로펌은 아니지요."

드림 로펌의 힘이 아무리 강하다고 해도 결국 일개 회사일 뿐이다.

국가의 정보 조직과 비교할 수 있는 수준은 아니다.

"만일의 경우 그들이 제대로 청산이 안 된다면 어떻게 되겠습니까?"

"드림 로펌에 보복하려고 하겠군요."

"네."

물론 드림 로펌이 전혀 나서지 않는 것은 아니다.

어찌 되었건 미국 전역에 이름을 알릴 수 있는 기회니까.

"하지만 어느 정도 사건이 정리된 후에 자연스럽게 공개하는 게 안전하다고 생각합니다."

"무슨 의미인지 알겠습니다."

"그리고 다른 이유도 있습니다."

"다른 이유요?"

"애초에 이번 작전에서 FBI는 그들과 관련된 자들을 감시하고 있는 상황이었습니다. 그들이 움직이게 하려면 어떻게 해야 할까요?"

"무슨 뜻인지 알겠네요. 이쪽이 강력할수록 그들은 더 다급하게 그리고 더 빨리 움직이겠군요."

"맞습니다."

노형진은 그의 말에 고개를 끄덕거렸다.

그리고 아무리 봐도 FBI가 드림 로펌보다는 더 강력하다.

"공식적으로는 FBI가 그 아이들을 구한 게 되는 겁니다."

그리고 그 아이들에 대해 FBI의 조사가 시작될 것이다.

"그리고 그걸 방송에서 본 놈들은 난리가 나겠지요."

어떻게 해서든 상황을 벗어나기 위해 사방에 전화하기 시작할 것이다.

"그리고 그중에는 증거를 없애기 위한 노력도 있을 테고요."

그리고 그 노력이 어디로 향할지는, 노형진도 존 웨인도 알고 있었다.

⚖

"그게 무슨 말입니까! 증거 같은 건 없다니까요!"

─증거가 없다는 게 중요한 게 아니잖아. 그 애들이 내 얼굴을 안단 말이다!

윌리엄 게리엇은 끊임없이 걸려오는 전화에 목이 쉴 것 같았다.

얼마 전 실종된 여자아이들. 그 아이들이 난데없이 FBI에게 구출되었다는 뉴스가 나왔기 때문이다.

"이런 젠장!"

물론 시내에서 벌어진 총격전과 전혀 다른 별개의 뉴스로 나왔기 때문에 대부분의 사람들은 그 상황을 이해하지 못하고 있었다.

하지만 윌리엄 게리엇은 입술이 바짝바짝 마르는 상태였다.

"걱정하지 마십시오! 그 애들이 뭐라고 하든 그건 그 애들의 착각일 뿐입니다."

－착각? 무슨 착각? 그 애들이 본 걸 이야기하면 난……!

상대방은 말문이 막히는 듯 뒷말을 잇지 못했다.

앞이 캄캄했기 때문이다.

"걱정하지 말라니까요! 그런 일은 절대 벌어지지 않습니다!"

－그걸 어떻게 확신하나?

"법원에서 약쟁이들 말을 믿어 줄 것 같습니까?"

－약쟁이? 약쟁이라니, 그게 무슨 말이야?

상대방은 잠깐 당황하는 듯하더니 목소리가 격하게 떨려왔다.

－그게 무슨 소리야, 이 미친 새끼야! 약쟁이라니! 자발적이라며! 자발적으로 하는 거라며! 너 이 새끼, 그 애들한테 약 놓은 거야?

"입 좀 닥쳐! 좋다고 즐길 때는 언제고 이제 와서 올바른 척이야! 개소리하지 말고 입 닥치고 있어!"

거칠게 전화를 끊은 윌리엄 게리엇은 짜증스럽게 핸드폰을 집어 던졌다.

"젠장, 이거 어떻게 된 거야?"

도박장에서 미친놈이 어마어마하게 따 간 일은 이해할 수 있다.

그래서 죽이려고 했다가 실패한 것도 이해할 수 있다.

그런데 도대체 왜 여자애들이 사라지고, 그 애들이 갑자기 FBI의 손에 떨어진단 말인가?

물론 누군가가 손을 쓰고 있다는 것은 알고 있었다.

하지만 그게 누군지 알 수가 없었다.

"도대체 누구냔 말이야."

워낙 적이 많다 보니 도무지 누구인지 감을 잡지 못할 지경이었다. 그는 설마 한 여자애를 구하기 위해 이렇게 함정이 만들어질 줄은 몰랐던 것이다.

"젠장, 일단 당분간은 몸을 사려야겠어. 설미 리토 이 새끼가 입을 나불거릴 리는 없고."

그는 자신하고 있었다.

하지만 그런 그의 소망은 이루어지지 않았다.

"FBI에서 나왔습니다."

오랜 시간을 기다렸던 존 웨인이 직접 다른 요원을 이끌고 그를 잡으러 온 것이다.

"네? 그게 무슨 말씀이신지?"

존 웨인을 보고 윌리엄 게리엇은 재빠르게 일반 사업자의 모습으로 그를 응대했다.

"속이려고 해도 소용없습니다. 윌리엄 게리엇, 당신에 대해서는 다 알고 있으니까."

"뭔가 오해가 있으신 것 같습니다, 요원님. 저는 선량한 사업가일 뿐입니다."

윌리엄 게리엇은 확신하고 있었다.

아무런 증거가 없다는 걸 말이다.

실제로 모든 대화는 일회용 폰을 이용했고, 그는 범죄 조직과 단 한 번도 만난 적이 없다.

모든 일에 그가 가장 신용하는 사람을 배치했고 그마저도 제삼자를 통해서만 연락을 주고받았다.

그러니 자신을 엮을 수 있는 그 무엇도 없다고, 그는 확신하고 있었다.

하지만 그건 그의 오만이었다.

"그래요? 하지만 다른 분들은 다른 이야기를 하시던데요."

"다른 이야기요?"

존 웨인은 피식 웃으면서 녹음기를 들었다.

그리고 그 안에서 들리는 목소리.

─별일 없겠지요?

─걱정하지 마십시오, 서장님. 절대 아무 일도 일어나지 않습니다. 그 녀석들이 뭐라고 하든, 이쪽에서는 마약중독자의 헛소리로 몰아가면 됩니다.

─깔끔하게 처리한다면서, 이런 거 하나 제대로 못합니까?

─외부에서 방해가 들어온 것 같아서요. 당분간은 어쩔 수가 없을 듯합니다. 죄송합니다. 나중에 더 좋은 아이들을 데리고 모시는 걸로…….

"어…… 어떻게……?"

윌리엄 게리엇의 얼굴은 사색이 되었다.

자신의 목소리가 맞다. 그리고 그 상대방은 경찰서장이다.

'서장이? 아니야, 그럴 리 없어.'

서장이 미치지 않고서야 이런 행동을 할 리 없다.

그는 올 때마다 미성년자를 꼭 두 명 이상씩 품는 변태성
욕자다. 그런 미친놈이 갑자기 양심의 가책을 느껴서 이런
걸 녹음할 리 없다.

"고생을 좀 했습니다, 윌리엄."

존 웨인은 수갑을 꺼내며 웃었다.

"도…… 도청은 철저하게 막았는데…….."

"당신 사무실을 도청하는 건 막았겠지만."

"설마?"

"서장 사무실은 하나도 신경 쓰지 않으셨더군요."

윌리엄은 그대로 주저앉았다.

"아마 영원히 감옥에서 썩어야 할 겁니다. 물론 죽지 않는
다면 말이지요."

존 웨인은 그에게 수갑을 채우며 지난 3년간의 고생이 떠
올라 눈물이 찔끔 흐르는 것 같았다.

⚖

─제시는 잘 돌아갔답니다. 다만 마약 치료에 시간이 좀

걸리겠지만요.

노형진이 다시 한국에 온 후 나머지 수습은 엠버가 알아서 하기로 했다.

-제시뿐만 아니라 다른 아이들도 대부분은 돌아갔습니다. 하지만 노 변호사님 말씀이 맞더군요. 집으로 돌아가는 걸 거부한 아이들도 있습니다.

"그럴 거라 생각했습니다."

-다행히 그 아이들은 일단 위탁 가정으로 보내질 겁니다.

"그곳에서 잘 지내면 좋겠네요."

처음에는 작은 사건이었지만 졸지에 한 지역의 정치 시스템을 모조리 날려 버린 사건이 되어 버렸다.

서장부터 시장, 그 지역의 유지까지, 잡혀 들어간 사람들이 한두 명이 아니었기 때문이다.

-신기하네요.

"뭐가요?"

-마치 큰 사건들이 노 변호사님을 끌어당기는 것 같지 않습니까?

노형진은 씁쓸하게 웃었다.

확실히 한번 죽고 돌아온 후부터 그런 일이 계속 벌어지고 있다. 마치 누군가가 그에게 끊임없이 일감을 던져 주는 것처럼 말이다.

"그래도 좋게 생각해야지요."

─어떻게요?

"누군가는 구할 수 있지 않습니까?"

─그 말이 맞네요. 누군가를 구하는 거라면 언제든 환영해야 할 일이지요.

"맞습니다. 환영할 일이지요."

그렇게 전화를 끊은 노형진은 멍하니 천장을 바라보았다.

"누군가를 구하는 일이라면 환영해야 하는 일이지."

그리고 긴 한숨을 쉬었다.

"하지만 나도 좀 살자."

새벽 2시.

노형진의 눈앞에는 아직도 일거리가 산더미처럼 쌓여 있었다.

"나는 누가 구해 주나."

노형진은 쓸데없는 말을 하면서 힘없이 서류를 펼칠 수밖에 없었다.

신과 정치는 친하지 않다

　노형진의 계획에 따라 성장한 요히토는 확실히 일본에서 강한 힘을 발휘하기 시작했다.

　기존에 어떻게 해서든 일왕가의 힘을 막기 위해 노력했던 일본 정부도, 일이 이쯤 되자 무조건 막는 것은 힘들어졌다.

　애초에 요히토는 공식적으로 왕세자이니 정치를 제외한 그어떤 것이라도 그가 하고 싶다고 하면 막을 수가 없으니까.

　그나마 지금까지 협작질로 막고 있었는데 이제는 그것마저 틀어진 것이다.

　"하지만 그래도 여전히 힘이 약하지요."

　신동하는 곤란한 표정으로 말했다.

　"이 정도면 사실 일왕가를 위해 제가 해 드릴 수 있는 건

다 했습니다만?"

노형진은 신동하의 말에 눈을 찌푸리며 말했다.

"이 이상 뭔가 하면 내정간섭입니다."

"그런 말씀 하지 마시고요. 애초에 그런 게 무서워서 아무 것도 안 하실 노 변호사님이 아니지 않습니까?"

"그건 그렇습니다만."

애초에 노형진이 일본에 손쓰기 시작한 이유가 문화 침략과 극우 세력 통제를 위해서 아닌가?

그건 대놓고 내정간섭이다.

하지만 그렇다고 해도 그가 무조건 일왕가를 도와줄 이유는 없다.

"이런 말씀 드리긴 죄송합니다만, 일왕가는 사실 지나칠 정도로 많이 도와드렸습니다. 지금까지 많은 일이 있었지만 현실적으로 저희가 일왕가에게서 받은 건 아무것도 없지 않습니까?"

모든 자금을 통제받는 일왕가에 돈을 대 줬으면 대 줬지 그들에게서 받은 건 거의 없다.

"우리의 목적과 일왕가의 목적이 일치하지 않았다면 저도 이렇게까지 하지 않을 겁니다. 그런데 또 도와 달라고 하시면……."

노형진은 눈을 찌푸리면서 말했다.

"저는 변호사입니다. 정식으로 수임하지 않은 사건을 계

이것이 법이다

속 도와드리는 것에도 한계가 있습니다. 지금까지야 대룡 측에서 대동을 견제할 목적으로 수임료를 내줬지만 엄밀하게 말하면 대룡이 일왕가를 도와줄 이유는 없습니다."

노형진은 단호하게 선을 그었다.

더군다나 이번 일은 대룡 쪽에서도 전혀 모르는 상황이었다.

대룡의 궁극적인 적은 대동이다.

그런데 자꾸 일왕가의 문제로 엮이면 서로가 피곤해질 수밖에 없다.

그런데 상황이 묘하게 꼬이기 시작한 건 이때부터였다.

"그게 말입니다, 이제는 대룡도 관련이 있습니다. 그리고 대동도 관련이 있지요."

"그게 무슨 말입니까?"

노형진은 당황했다.

일왕가와 대룡과 대동이 무슨 관계가 있단 말인가?

하지만 이어지는 신동하의 말에 눈을 질끈 감을 수밖에 없었다.

"지금 천황가의 가장 충실한 종복으로 분류되는 게 누구라고 생각하십니까?"

"그거야 신동하 씨겠지요."

노형진이 그렇게 설계했으니까.

전혀 끈도 없는 일본인에게 그 기회를 줄 생각은 없으니까.

"그리고 저랑 싸우는 사람들은 누굽니까?"

"당연히 대동의…… 설마?"

"그게 문제입니다. 일본 정치인들도 바보는 아니더군요."

"끄응…… 확실한 겁니까?"

"확실한 겁니다."

"미치겠네."

짧은 말이었지만 그 안에 담긴 뜻을 노형진은 쉽게 알아들을 수 있었다.

그러니까 일왕의 권력이 커지는 것에 거부감을 느낀 일본 정치인들이 그 힘을 다시 빼앗을 방법을 찾기 시작했다는 것이다.

그리고 그 모든 일이 신동하를 만나고 나서부터 시작되었다는 것을 알아내는 것은 그다지 어려운 일이 아니었고 말이다.

당연하게도 신동하에 대해 조사해서 그를 잘라 낼 방법을 찾기 위해 혈안이 되어 있었는데, 그 와중에 걸린 것이 바로 신동성, 그러니까 신동하와 싸우고 있는 형제였다.

"그러고 보니 신동성이 정치권에 밀접하게 선이 닿아 있었지요?"

"그랬지요."

한번 노형진이 손써서 선을 끊어 버리기는 했지만 그랬다고 해서 모든 선이 사라질 수는 없는 노릇이다.

당연하게도 이득 때문에 선을 끊었던 정치인들도 다시 연락을 주고받기 시작했을 테고, 그 과정에서 신동성을 통해 신동하를 쳐 내자는 계획이 나왔을 것이다.

"아예 신동성과 신동우가 싸우는 상황이 아니었다면 문제가 되지도 않았을 겁니다."

하지만 얼마 전부터 신동성과 신동우는 대놓고 2차전을 시작했다.

대룡 역시 그 싸움에 끼어들기 위해 준비하고 있고 말이다.

"그 상황에서 저라는 존재가 부담스러운 신동성에게 일본 정치권이 손을 내민 거죠, 자신들을 도와 달라고."

그 결과 신동성은 신동하를 견제하기 위해 힘쓰기 시작했다는 것.

"끄응…… 하긴 정치인들과 경제인들이 손잡는 거야 하루 이틀 문제가 아니기는 하지요."

문제는 그 경우에 꼭 부정이 발생한다는 거다.

애초에 그런 정경 유착은 부정을 목적으로 발생할 수밖에 없는 것이 사실이다.

"그건 알겠습니다. 그런데 왜 신동하 씨가 아니라 일왕을 도와 달라고 하는지 저는 이해가 안 갑니다만?"

지금 다급한 건 일왕이 아니라 신동하다.

일왕을 잃어서 손해 보는 거라고는 일본의 극우 세력이 또 게거품을 물면서 한국을 씹어 대는 것뿐이지만, 신동하를 잃어버리면 대동이 다시 한국 경제를 집어삼키기 위해 들이닥칠 것이다.

신동성이 이기든 신동우가 이기든 말이다.

"설마 충성심 때문에 그러는 건 아닌 것 같고. 정치적으로 손써 달라고 하기에는, 일왕가는 법적으로 정치는 전혀 힘을 쓸 수가 없고요."

그러니까 아무리 노형진이 도와준다고 해도 일왕가는 신동하의 정치적 방패가 될 수는 없다는 소리다.

"알고 있습니다. 하지만 제가 여기서 방어를 위해 손을 떼면 다시 움츠러들 게 뻔하니까요."

"확실하게 자리를 잡아 두고 손을 떼고 싶다 이겁니까?"

"네."

"무리한 요구네요."

"하지만 지금까지 이루어진 모든 것이 다 단발성 행사 아닙니까?"

"그건 부정하지 못합니다만."

일왕가를 전면에 세우기 위해 한 모든 일들이 단발성의 행사였다.

"만일 이 상황에서 노 변호사님이 손을 떼면 다시 과거로 돌아가겠지요."

"그건 그렇지요."

노형진은 고개를 끄덕거렸다.

"그래서 제가 걱정하는 겁니다. 물론 저도 지금 상황이 답답하기는 합니다만, 만일 힘이 빠지면 그쪽에서 저에게 또 도움을 요청할 겁니다. 하지만 제가 정상적인 상황이 아니라면 도와줄 수 있는 여건이 안 될 테지요."

"끄응……."

그러니까 제대로 자리 잡지 못한 상황에서 그들에게서 손을 뗀다는 것은 다시 모든 것이 후퇴한다는 소리였다.

"까딱 잘못하면 우리가 했던 모든 것이 다 실패로 돌아갈 수도 있다는 소리입니다."

신동하의 말이 틀린 건 아니었다.

"하지만 제가 지속적으로 도와줄 수는 없습니다."

"알고 있습니다. 사실 이제는 신동성과의 싸움에 집중해야 하는 시기이니까요."

신동하는 순순히 고개를 끄덕거렸다.

"하지만 그렇다고 해서 지금까지 이룬 모든 걸 포기한다는 건 아까운 일 아닙니까?"

"그건 그렇습니다만."

노형진은 머리를 긁적거렸다.

'확실히 그렇기는 하지. 모든 게 다 단발성이기는 했어.'

연예인들이 가장 두려워하는 게 뭔가? 바로 잊히는 것이다.

지금까지야 노형진이 일왕가를 전면에 내세우기 위해 노력했기 때문에 당장 관심은 끌고 있지만, 일본의 정치계와 방송계는 아주 밀접하게 관련이 있다.

만일 노형진이 손을 떼면 그 순간부터 방송에서 일왕가에 관련된 모든 뉴스는 사라질 테고, 일왕가는 다시 한번 어둠 속으로 가라앉게 될 것이다.

'그렇다고 마냥 지원해 줄 수도 없는 노릇이고.'

지금이야 몰래몰래 지원한다지만 꼬리가 길면 밟힌다고 했다.

지난번에야 이유가 있어서 외부의 돈을 받아도 된다고 했지만, 일왕이 외부에서 돈을 계속 받는다면 그건 일왕가에도 상당히 곤란한 상황이 된다.

'아, 씁…… 돈……. 그러니까 돈이 문제네.'

뭘 하든 일왕가는 돈이 필요하다.

또한 자신들을 지속적으로 어필할 뭔가도 필요하다.

하지만 일왕가에는 그런 게 전혀 없다.

"저는 충성을 떠나서, 제가 일단 시작한 일인 만큼 최대한 깔끔하게 마무리하고 싶은 것뿐입니다."

노형진은 그런 신동하를 보면서 길게 한숨을 내쉬었다.

"이해는 합니다만…… 가능하시겠습니까?"

"그건 제가 묻고 싶은 말인데요."

"그건 그러네요."

실행이야 신동하가 하겠지만 결국 계획을 짜야 하는 것은 노형진이다.

"하지만 제가 해 드릴 수 있는 것에는 결국 한계가 있을 텐데요."

"일단 외부적으로, 공개적으로 그리고 정기적으로 할 수 있는 행사가 필요합니다. 그것도 정치인들의 눈치를 보지 않으면서요."

"으음."

노형진은 입맛을 다셨다.

어찌 되었건 해야 하는 상황이니까.

이대로 그냥 두면 진짜 정치인들에게 놀아나는 셈이니까.

"제가 어떻게 해서든 방법을 찾아보겠습니다. 물론 그리 쉽지는 않겠지만요."

노형진은 살짝 눈을 찡그리면서 그렇게 말할 수밖에 없었다.

⚖

"당황스러운 부탁이군. 우리가 일왕가를 그렇게까지 도와 줘야 하는 건가?"

유민택은 영 탐탁지 않은 표정을 지었다.

물론 지금이야 같은 편이라지만 국제사회에서 영원한 우방이라는 것은 존재하지 않는다.

"일왕가가 극우 억제라는 우리의 목적에 부합해서 밀어주고 있기는 하지만, 엄밀하게 말하면 우리와는 전혀 관련이 없는 일인데?"

"알고 있습니다. 하지만 저는 다른 의미에서 이번 일을 해야 한다고 생각합니다."

"다른 의미에서?"

"그렇습니다."

"무슨 의미?"

"일왕가에 브레이크를 걸어야 하니까요."

"응? 그게 무슨 소리야?"

유민택은 이해가 가지 않는다는 얼굴이 되었다.

신동하는 일왕가를 전면에 내세우고 주기적으로 그들이 힘을 얻을 수 있게 도와 달라고 했다.

그런데 노형진은 반대로 일왕가에 브레이크를 걸어야 한다는 소리를 하는 것이다.

"정반대 아닌가?"

"정반대지요. 하지만 신동하가 간 후에 많은 생각을 했습니다."

"그런데?"

"차기 일왕인 요히토는 분명 능력이 출중합니다. 그리고 야심도 있는 사람이지요."

"그래서 우리가 도와주기로 결정한 것 아닌가?"

그가 일왕이 되면 그를 통해 극우 세력을 통제하기 위해서 말이다.

실제로 지금도 과거에 비해 극우 세력의 발호는 확실하게 줄었다.

자기들끼리 천황 문제로 개새끼 소새끼 하느라고 한국에 신경을 쓰지 못하고 있는 것이다.

"그래서 걱정됩니다. 요히토가 일왕이 되면 그는 권력을 강화할 겁니다. 제가 회피의 방법도 알려 줬으니까요."

"그건 그렇지."

일왕은 정치를 하지 못하지만 일왕의 지지 세력은 정치를 할 수 있다는 회피 방식.

그렇기에 요히토는 그걸 적극적으로 사용하고 있다.

물론 그 세력은 노형진과 대룡이 지배하고 있지만 말이다.

"제가 걱정하는 건 솔직하게 말씀드리면 요히토가 아닙니다. 타이토지요."

"타이토?"

"그렇습니다."

그의 출생의 비밀에 관한 수많은 말에도 불구하고 아직 그의 자리는 굳건하다.

사실 당연하다면 당연하다.

그의 출생의 비밀이 문제가 되는 건 어디까지나 어머니와 관련된 문제다.

반대로 말하면 천황에게는 그 또한 아들이라는 것이다.

"그리고 타이토에게는 아들이 있지요."

"그렇지. 그 아들이……. 그렇군. 자네가 걱정하는 게 뭔지 알 것 같아."

요히토는 친한국적이면서 또 개혁파이다.

하지만 타이토는 반대다. 그는 극우를 추종하며 또한 과거에 안주하는 보수적 방식을 선호한다.

"문제는 보수라고 해서 잡은 권력을 놓지는 않을 거라는 거지요."

요히토는 분명 살아생전에 일왕으로서의 권한을 어떻게 해서든 확보하려고 할 것이다.

왕세자인 지금도 그걸 위해 이렇게 노력하는데 그가 일왕이 된 후에는 더할 수밖에 없다.

"그리고 그 권력은 타이토가 쥐게 된다 이거군."

"그렇습니다. 사실 타이토는 문제가 안 될 수도 있지요."

요히토와 타이토는 형제다.

그 말은, 요히토 이후에 타이토가 왕위를 물려받는다고 해도 그 기간이 얼마 안 될 수도 있다는 소리다.

운이 좋다면 타이토가 먼저 죽을 수도 있고 말이다.

"문제는 타이토의 아들입니다."

현재 일왕가의 유일한 아들. 그리고 공식적인 후계자.

당연하게도 현 상황에서 유전자 검사 등을 통해 타이토의 권한을 박탈하지 않는 이상 이후 일왕의 자리는 그 아들에게 넘어갈 수밖에 없다.

"그런데 극우 세력을 보고 자란 아들이 무슨 생각을 하게 될까요?"

"자네가 뭘 걱정하는지 알겠네."

타이토는 어려서부터 개차반이라는 소리를 들었고 그의 두 딸 역시 외모와 다르게 극도로 이기적인 사람이라는 이야기가 많다.

애초에 그쪽 집안에 구설수가 많은 건 하루 이틀 문제도 아니고 말이다.

"콩 심은 데 콩 나고 팥 심은 데 팥 난다고 하지."

요히토 입장에서는 자신의 딸에게 일왕의 자리를 물려주고 싶어 하지만 아직 그런 법은 없다.

그걸 바꾸기 위해서는 타이토의 계승권을 박탈해야 하는데, 확실한 증거 없이 그럴 수도 없는 노릇.

"장기적으로 보면 극우 세력에 다시 정권이 넘어갈 수 있다 이거군."

"그렇습니다."

그리고 그런 경우에는 일왕의 강력한 힘이 도리어 방해가 된다.

"우리가 일왕에게 원하는 건 강력한 전제군주의 모습이 아닙니다. 그가 나서서 일본의 극우 세력을 양분하게 하는 게 목적이지요."

국론이 분열된 나라는 제대로 된 정치나 발전을 할 수가 없으니까.

"아마도 요히토 왕세자 기간에는 그게 가능할 겁니다."

아직 일본 정치 라인이 건재하기도 하니까.

"하지만 왕이 바뀌면 상황이 바뀌는 거지요."

극우 세력 중 일부가 요히토를 인정하지 않고 계속 충성의 대상을 국가로 설정하는 이유.

그건 요히토가 극우가 아니라 진보 쪽에 더 가까운 사람이기 때문이다.

"그런 상황에서 극우 세력을 이끄는 사람이 일왕이 된다면 아마 전 극우 세력이 다시 들고일어날 겁니다."

더군다나 이번에는 일왕이라는 극단적인 자기편을 데리고 있을 수밖에 없다.

"당황스럽군. 그러니까 힘은 주되 극우 세력을 다 통제할 수 있는 힘은 주지 않아야 한다는 거군."

"맞습니다. 물론 신동하 씨는 그런 걸 잘 모르겠지만요."

신동하에게 말하기에는 너무나 예민한 문제다.

어찌 되었건 신동하도 지금은 자신들의 편이기는 하지만 그 또한 일본에서 교육받은 일본인이다.

만일 극단적인 대립이 발생하면 한국보다는 일본을 선택할 가능성이 높다.

"그러니 신동하 씨가 보기에는 멀쩡하게 일왕가에 힘을 실어 주는 형태가 되어야 합니다."

"너무 복잡하군."

노형진의 말에 눈을 찌푸리는 유민택.

"그런데 신동하가 알면 많이 섭섭해할 텐데?"

"많이 섭섭해도 어쩔 수 없습니다. 애초에 완벽한 아군이라는 건 없는 거, 아시지 않습니까?"

"나도 말인가?"

"물론 현재는 아군이시지요."

유민택은 입맛을 다셨다.

확실히 틀린 말은 아니다.

노형진은 변호사다. 그렇기에 누구에게 수임을 하느냐에 따라 다르게 싸운다.

일단 수임을 하게 되면 과거에 수임했던 사람과도 싸워야 하는 게 변호사다.

"그렇게 살면 피곤하지 않나? 누구도 믿지 않고 말이야. 자네는 의뢰인도 안 믿는 사람이잖나?"

노형진이 피식 웃었다.

"그건 유 회장님도 마찬가지 아니십니까?"

"응? 그건 무슨 말인가?"

"유 회장님은 지금 여기서 물러난다면 진짜 모든 걸 믿고 회사를 맡길 수 있는 사람이 있으신가요?"

"그건……."

말을 하려던 유민택은 살짝 눈을 찡그렸다.

"없군. 자네나 나나 별반 다를 게 없는 삶을 살아가는 거군."

물론 유민택 아래에서 일하는 사람들은 많다. 하지만 그들

중 유민택이 완벽하게 믿을 수 있는 사람 같은 건 없었다.

그게 대부분의 재벌가의 현실이다.

"사람을 100% 믿는다는 것 자체가 어리석은 짓입니다. 누구나 거짓말을 하니까요."

"그렇기는 한데……."

"뭐, 그리고 제가 딱히 신동하에게 거짓말을 하는 건 아니지 않습니까?"

그가 부탁한 것은 들어줘야 한다.

그래야 신동하에게 가해지는 부담이 덜어질 테니까.

"다만 장기적으로 보면 일본의 극우 세력이 다시 발호하지 않도록 통제는 해야 한다는 겁니다. 2차대전 당시에 일왕의 행동을 잊지는 않으셨겠지요?"

"그건 그렇군. 그래."

2차대전 당시에 일왕은 무소불위의 권위를 가지고 있었다.

단순히 왕으로서 군림하는 걸 넘어서 신적인 존재로 취급받았다. 어느 정도냐면 그 당시에 일본군의 모든 소총에는 국화 문양이 들어갔다. 그것도 하나하나 손으로 깎아서 말이다.

대량생산 대량 소비하는 전쟁 와중에 그게 무슨 미친 짓인가 싶지만, 총은 일왕이 내려 주는 무기이고 그 증표가 바로 국화 문양이었던 것.

그렇다 보니 정작 무기의 정밀도에 신경을 쓰는 게 아니라 국화 문양에만 신경을 쓰는 게 현실이었다.

"물론 그렇게 멍청한 짓을 또 한다면 한국에 유리하겠지만 말입니다."

하지만 이러한 강력한 왕권을 가진 나라의 왕이 현명하다면 그 나라는 무서울 정도로 성장할 수밖에 없는 구조를 가진다.

"그러니 브레이크를 만들어 두는 것도 나쁜 선택은 아니라고 생각합니다."

"브레이크라……. 하지만 어떻게 말인가? 우리가 무슨 권한으로 브레이크를 만들어? 그렇다고 해서 우리가 일본의 정치인들과 손잡을 수도 없는 노릇이고."

그렇게 된다면 일왕가는 무섭게 무너질 것이다.

"저는 일왕가를 과거의 역사로 다시 돌려보낼 생각입니다."

"과거의 역사?"

"그렇습니다."

노형진은 그렇게 말하고는 잔에 담겨 있는 물을 쭈욱 들이켰다.

"일왕가가 다른 나라의 국왕들과 가장 다른 게 뭐라고 생각하십니까?"

"글쎄, 그건 잘 모르겠네만. 지배권? 아니, 힘? 다른 나라의 국왕이라고 해도, 왕이 있는 나라가 좀 많아야지."

유민택이 고개를 갸웃했다.

노형진은 그런 유민택에게 차분하게 설명을 해 줬다.

"일왕가가 다른 나라와 가장 다른 것은 종교성입니다."

"종교성?"

"그렇습니다. 다른 나라의 국왕이 세속적이며 현실적이라면, 일왕은 그렇지 않지요."

하늘의 자손으로서 나라를 지키는 존재. 그게 바로 일왕이다.

물론 다른 나라 역시 그러한 종교적 부분이 아예 없는 것은 아니다. 가령 영국 같은 경우는 여왕이 영국국교회의 수장이다.

"하지만 실질적으로 영국국교회의 수장으로는 거의 활동하지 않지요."

"그건 그렇지. 그런 뉴스는 거의 본 적이 없군."

"기본적으로 모든 나라는 국가의 정치와 종교가 분리되어 있으니까요."

만일 종교가 현실에 들어가기 시작하면 그때는 진짜 막장이 되어 버린다.

대표적인 예가 바로 IS다. 이슬람국가라는 이름으로 종교가 현실을 지배하자 그곳은 말 그대로 지옥이 되어 버린 상황이다.

"그거랑 일본이랑 무슨 관계가 있는데?"

"일왕의 가장 큰 임무는 바로 제사의 집전에 있습니다."

그는 일본의 주요 제사를 집행하는 일종의 신관 같은 존재였다.

"하늘의 아들이라는 신분 자체가 하늘에 제사를 지내는 가장 가까운 이라는 의미이기도 하니까요."

"그래서?"

"제 생각에는 일왕이 그 책임을 제대로 확실하게 지게 해 주면 좋을 듯합니다."

"확실하게 한다고?"

"그렇습니다. 우리가 선택할 수 있는 가장 확실한 카드입 니다."

종교적 지도자가 된다면 아무리 정치인이라고 해도 쉽게 공격하지 못한다.

나름의 권력을 가지게 되는 것이다.

그게 깨지는 경우는 아주 막장인 경우인지라, 독재정권이 한국을 지배할 때도 성당으로 도망간 범인을 잡기 위해 성당 문을 부수고 들어간 일은 없었다.

"하지만 현실적으로 말하면? 정치적인 문제가 아니라 종 교적 문제라면 국제 문제를 일으킬 수가 없지요."

일왕이 미쳐서 신께서 전쟁을 하라고 하셨다고 말하기 전 에는 말이다.

"그리고 요즘 같은 시대에 누가 그런 말도 안 되는 소리를 믿습니까?"

신이 전쟁을 하라고 했다고 하면 진짜 그의 명령에 따라 전쟁을 하는 게 아니라, 도리어 그의 정신이상부터 걱정을 하게 될 것이다.

"하지만 아시지요? 종교적 권력은 세속적 권력 못지않은 강력함을 가집니다."

물론 그 나라에 한해서만 말이다.

"딱 우리가 노리는 수준이군."

그 나라에서는 강력한 힘을 발휘하지만 해외에는 거의 힘을 발휘하지 못하는 구조가 된다.

"그리고 신동하가 요구한 조건에도 딱 맞아떨어지고 말이야."

노형진은 유민택의 말에 고개를 끄덕거렸다.

"확실하게 자리만 잡으면 우리가 더 이상 신경 쓸 일이 없지요. 종교란 아편 같아서, 우리가 신경 쓰지 않아도 알아서 성장하니까요."

유민택은 작게 탄성을 내질렀다.

"좋은 생각이야. 하지만 그걸 어떻게 할지는 아직 모르겠는데. 좋은 생각이라도 있나?"

노형진은 씨익 웃었다.

"유 회장님, 혹시 야동 좋아하십니까?"

"응? 야동?"

"그렇습니다, 야동."

유민택은 미심쩍은 얼굴로 노형진을 물끄러미 바라볼 수밖에 없었다.

다음 권으로 이어집니다

이것이법이다

비정규직 매니저

자카예프 현대 판타지 장편소설

노가다 도 게임 지존

스노우베어 게임 판타지 장편소설

누군가에겐 지옥 같은 난이도
나에겐 인생 역전의 기회!

게임 작업장에서 대계잠이까지
빚 때문에 노예 같은 삶을 살던 민혁
트럭에 치여 죽은 줄만 알았는데
눈을 떠 보니 20년 전……?

이번에는 다른 삶을 살겠다!
그토록 바라던 억만장자 드림 라이프를 위해
돈 되는, 통칭 갓 겜 '루나틱'에 뛰어드는데……

"아니, 이게 어렵다고?"

한 달 내내 망치만 두드려도 질리지 않는 노가다 적성!
다년간 몸에 밴 작업장 경험!
거기다 게임의 20년 치 패치 정보까지!

회귀에, 정보에, 끝없는 노력까지?
이 게임, 노가다로 끝을 보겠다!

ROK
MEDIA
로크미디어